SUSSURROS DA

MEIA-NOITE

DANIEL PEDROSA | JULIANA VELONESSI
LEANDRO REIS | STEFÂNIA ANDRADE

SUSSURROS DA MEIA-NOITE

PandorgA
NACIONAL

Direção Editorial
Silvia Vasconcelos
Assistente Editorial
Thaluana Meira
Preparação
Sandra Schamas
Revisão
Livia First
Diagramação e projeto gráfico
Fernanda S. Ohosaku
Composição de capa
Renato Klisman

Texto de acordo com as normas do Novo Acordo Ortográfico da Língua Portuguesa
(Decreto Legislativo nº 54, de 1995)

Dados Internacionais de Catalogação na Publicação (CIP)
Ficha elaborada por: Tereza Cristina Barros - CRB-8/7410

Sussurros da meia-noite / Daniel Pedrosa...[et al.]. --
São Paulo : PandorgA, 2015.
168 p. ; 14 x 21 cm.
Outros autores: Juliana Velonessi, Leandro Reis, Stefânia Andrade.
ISBN 978-85-8442-082-7

1. Contos – Literatura brasileira I. Pedrosa, Daniel II. Velonessi, Juliana III. Reis, Leandro IV. Andrade Stefânia.

17.08/023-2015 CDD- 869.93

2015
IMPRESSO NO BRASIL
PRINTED IN BRAZIL
DIREITOS CEDIDOS PARA ESTA EDIÇÃO À
EDITORA PANDORGA
AVENIDA SÃO CAMILO, 899
CEP 06709-150 – GRANJA VIANA – COTIA – SP
TEL. (11) 4612-6404

WWW.EDITORAPANDORGA.COM.BR

Sumário

PREFÁCIO APRESENTAÇÃO

Existem, sim, mistérios inexplicáveis.

Por séculos, pessoas capazes de interpretar sinais invisíveis aos olhos da maioria de nós tentaram incansavelmente alertar a humanidade quanto à existência destas forças poderosas.

Em vão, tais emissários materializaram suas visões em personagens de histórias que, no princípio, antes mesmo da criação da linguagem escrita, eram cultuados ao redor de fogueiras acesas em vilas escuras.

Ao longo da história como conhecemos, esses grandes homens, visionários de um mundo paralelo, foram mortos em uma jornada indescritível de injustiça e medo, simplesmente por insistir em uma tentativa fútil de nos mostrar a verdade.

O medo instintivo que nos persegue desde o dia em que chegamos a este mundo é a prova cabível de que algo se esconde na escuridão.

Vampiros, lobisomens, fantasmas, almas perdidas, seres amaldiçoados e criaturas horrendas são alguns desses personagens que, criados pela mente de homens, constituem o conteúdo deste assustador mistério milenar.

É preciso ter coragem para encarar esses seres e conhecer suas histórias que ecoam séculos após séculos.

Mensagens subliminares são os únicos sinais que os antigos nos deixaram e que milagrosamente atravessaram o tempo e a tecnologia chegando até nós através desses fiéis mensageiros.

Não despreze esses sinais... Isso pode salvar sua vida!

Vale Fantástico

NÍVEL DE MEDO DOS CONTOS

Para ajudar aqueles menos acostumados com mistérios e histórias de horror, definimos graus de intensidade para cada um dos contos publicados nesta edição. Trata-se de uma escala que indica quanto cada conto pode tornar a noite do leitor uma experiência arrepiante e desagradável.

Sugerimos a quem tem medo e não quer sofrer com pesadelos noturnos que concentre sua leitura apenas nos contos mais amenos. Aos corajosos que se aventurarem aos contos mais perigosos, fica o aviso: mantenham as luzes acesas e as portas trancadas.

Escala de medo

Sono tranquilo, abraçado com seu bichinho de pelúcia.

Sono tranquilo, se o abajur estiver aceso.

Sono agitado, talvez você acorde às três da manhã.

Pesadelos, talvez você queira chamar sua mãe.

Sussurros em meio às sombras. Não diga que não avisamos...

"As pessoas me perguntam por que eu escrevo coisas tão brutas. Gosto de dizer que tenho um coração de menino – está guardado em um vidro em cima da minha escrivaninha."

Stephen King

VISÕES

O ônibus seguia seu caminho sob um sol de quase quarenta graus.

Na terceira fileira, do lado oposto do motorista, eu aguardava no assento junto à janela por aquela que seria uma viagem de quase seis horas.

No início, como sempre acontecia, eu havia relutado em procurar aquele lugar, mas as visões continuavam e isso, de certa maneira, acabou fazendo com que me lembrasse de minha participação em toda esta história.

O fato é que, desde garoto, eu via imagens estranhas, *déjá vus* e vultos que passavam rapidamente na minha frente sem qualquer explicação plausível. É obvio que não falei a ninguém sobre o fato, estava mais interessado em manter minha imagem de pessoa normal do que em convencer os outros de que fantasmas vagavam pelo nosso mundo assustando, aprisionando e matando pessoas todos os dias.

Mas não parou por aí. Os anos foram se passando e as visões aumentando a uma proporção superior àquela que podemos considerar tolerável. Em casa, na escola, na rua e agora em qualquer lugar em que eu estivesse.

O ônibus entrou em uma ponte sobre aquela que um dia fora uma grande represa, enquanto eu vagava em meus pensamentos. A seca provocada pela falta de chuvas criava um cenário mórbido de árvores secas com manchas escuras e galhos retorcidos. De repente, um flash surgiu no meio àquele cenário e a imagem de uma criança apareceu à minha vista. O medo em seu semblante era evidente e um choro de desespero preencheu meus ouvidos.

Imediatamente fechei os olhos e tampei minhas orelhas tentando fugir daquele som aterrorizante. Alguns segundos depois o som parou e, assim que voltei minha visão para a represa, a imagem havia sumido. Eu estava chegando mais perto do meu destino e, quando isso acontecia, as intervenções ficavam mais constantes, mais intensas, mais sinistras.

Alguns quilômetros à frente, o ônibus fez uma parada de quinze minutos em um posto Graal enorme e cheio de viajantes. A verdade é que não gosto de lugares públicos. Eles me trazem imagens ruins, visões assustadoras que transformam meu dia em um emaranhado de pensamentos infelizes. Outro item que acompanha o pacote de "habilidades" que recebi e que hoje consigo encarar de maneira mais madura e racional. Infelizmente minhas necessidades humanas por vezes ainda falam mais alto e precisei sair naquele momento para saciar a fome que me arrebatava.

As primeiras pessoas que percebi naquele restaurante foram um homem e uma mulher. Era um casal de motoqueiros que passou por mim sorrindo, em meio a carícias e brincadeiras. Pareciam felizes e despreocupados sobre o futuro que os aguardava. Na verdade, em restaurantes de estrada e estacionamentos, os motoqueiros são a maioria em quem percebo imagens como aquela. As sombras circulavam seus corpos, rondando como urubus em uma carcaça apodrecida. Naquele momento os dois nem sequer se davam conta de que as sombras eram um sinal de que a vida em breve se esvairia de seus corpos e pelo menos um deles teria sua alma levada por aqueles seres malignos.

Como descrito por algumas religiões, posso confirmar por minha experiência sobrenatural que a morte nos leva a, pelo menos, três destinos. O paraíso, é claro, um lugar, lamento dizer, onde não existem sete lindas mulheres para cada homem; o inferno, sobre o qual me reservo não tecer comentários, tendo em vista que não pareceriam ao mínimo agradáveis, e o caminho sem fim. Este último trata-se aparentemente de um lugar onde as pessoas vagam infinitamente à procura de uma razão qualquer que, pelo que percebo, é muito difícil de encontrar.

Enquanto comia meu pão de queijo acompanhado de um saboroso café com leite quente, pude perceber outra cena, esta um pouco mais incomum. Enquanto uma mulher aparentemente triste retirava seu pedido em um dos balcões, um bebê, que por certo deveria ser seu filho, aguardava acomodado em uma cadeira para crianças na mesa de refeição. O pequenino sorria e brincava com um homem de meia idade enquanto a esperava. Assim que voltou, a mulher virou a criança para si e a afastou do homem com a intenção benéfica de alimentá-la. O homem desapareceu fazendo com que a criança soltasse um choro incontrolado de desespero.

Alguns, principalmente enquanto ainda são crianças, também conseguem vê-los. Porém, as visões desaparecem quando atingem a juventude, provando que o tempo, na maioria das vezes, pode dar um jeito. Na maioria das vezes.

Em meio a outras visões, o alto-falante do restaurante fez a última chamada para o meu destino e voltei para o ônibus. Faltavam pouco mais de duas horas para chegarmos e consegui dormir durante o caminho.

Diferente de algumas pessoas, eu gosto de dormir. O sono me revigora, me prepara para os confrontos e, de bônus, me afasta das visões obscuras que passam o dia me assustando. Eu não pedi para que isso acontecesse comigo; na verdade, eu sempre frequentei a igreja e nunca me envolvi com pessoas que trouxessem a morte e o terror ao mundo dos vivos. Não entendo por que fui escolhido, mas tenho me acostumado com esta responsabilidade mais e mais a cada dia.

Chegamos à cidade.

Aqui é onde a parte difícil começa.

Quando algo de muito maléfico está presente em um lugar, espíritos são atraídos em busca daquela razão perdida, o caminho infinito do qual falei há pouco. Acho que eles são seduzidos, ou coisa assim, o que sei é que o lugar fica povoado de fantasmas e entidades espirituais.

Logo que saí da rodoviária, avistei um grupo de meninos sentados em um dos bancos da praça, eles estavam provocando colegas de classe que vinham da escola. Por certo haviam matado aula e agora tentavam contar vantagem sobre aqueles que haviam estudado o dia inteiro. Um dos meninos atirou uma pedra, atingindo uma jovem que vinha ao longe, causando-lhe um corte na cabeça. Ao lado dele, um espírito maligno, oculto aos olhos de todos, gargalhava em uma comemoração inconsequente de suas estripulias maldosas.

Em um dos jornais da banca, que também encontrei pelo caminho, uma notícia de um homem morto com cinco tiros estampava a capa da edição do dia. Até mesmo em fotos eu podia enxergar entidades malignas em seu trabalho diário de criar o caos, trazer o medo e semear a discórdia. Na foto em detalhe, o homem morto, que estava com o rosto desfigurado por conta dos tiros, jazia cercado de sombras horrendas, com braços esqueléticos e garras afiadas.

Esta talvez seja a razão de alguns bairros, algumas cidades e até alguns países terem índices de criminalidade maior do que outros. Razão de crianças atirarem em amigos na escola, de pais matarem filhos, de pessoas angustiadas se suicidarem e de fanáticos religiosos matarem por causas inexplicáveis. Um ódio anormal causado pela presença destas entidades, um ódio capaz de transformar a alma de uma pessoa, tirando dela a esperança, a humanidade e o desejo de viver.

Olhando para a minha vida posso dizer que o mal é como o norte e eu sou como a bússola. Eu sinto seu cheiro, percebo sua presença e encontro sua direção.

Deixei a praça e continuei caminhando por pelo menos uma hora, na direção de onde emanava aquele mal. Os poucos espíritos que encontrei no começo do caminho passaram a se tornar dezenas, centenas e depois milhares. Ruas desertas, praticamente sem a presença de qualquer ser humano, ficaram recheadas de entidades perdidas, atraídas pelo poder malévolo daquele ser amaldiçoado.

Mais uma vez a criança que avistara na represa cruzou meu caminho. Agora pude perceber que era um menino aparentando entre onze e doze anos. A partir daquele ponto ele me serviria de guia, mostrando a direção exata que eu deveria seguir. Seu choro, agora menos assustador, ainda estava triste e me trazia lembranças infelizes de minha vida. Segui seu vulto pelo restante do caminho, até chegar a uma construção abandonada, um antigo armazém distante da civilização. Ali ele desaparecera, deixando-me mais uma vez sozinho para enfrentar meus medos.

Ao redor do depósito, espíritos vagavam hipnotizados por forças que nem eu mesmo consigo explicar. Eles se mantinham a algumas centenas de metros de distância, como se houvesse uma barreira intransponível protegendo o lugar.

O cheiro pútrido que exalava do galpão tornou-se quase insuportável e o frio do ambiente castigou minhas entranhas. Naquele momento um medo intenso invadiu minha alma e paralisou meu corpo.

Aquele era, com certeza, o maior mal que já havia enfrentado.

A porta se abriu, em um movimento inesperado e misterioso. Ele estava me esperando e sabia que em breve apenas um de nós estaria vivo para seguir com sua missão.

Respirei fundo e, retomando o controle de meus movimentos, comecei a caminhar.

Eu entrei.

O lugar estava sujo e impregnado de uma poeira negra e sobrenatural. Enormes máquinas com serras circulares ocupavam a parte central do pátio, enquanto troncos de árvores apodrecidos espalhavam-se desordenadamente sobre o piso velho e quebradiço. Era uma serraria!

Caminhei alguns metros, tentando manter uma cautela inútil, mas que me trazia uma sensação ofuscada de segurança. Era o mínimo que poderia fazer frente àquilo que em breve teria que enfrentar.

De repente, o som crescente de um zumbido começou a preencher meus ouvidos. Ao redor, saindo de todos os troncos apodrecidos, marimbondos gigantes começaram a voar no interior do prédio. Um barulho infernal tomou conta do lugar, formando um ambiente assustador e perigoso.

Não me mexi, por algum motivo sabia que não me atacariam. Criaturas das trevas indicavam a presença de um ser maior, alguém que precisava invocá-los para reunir suas forças e realizar a materialização do espírito. Magia negra, incompreensível para os seres vivos.

Os insetos começaram, então, a voar em círculos, se reunindo em uma nuvem de asas e corpos que formavam um ser sólido, negro e assustador. Com membros e garras similares às de um inseto e um focinho de lobo, o demônio surgiu à minha frente, materializado em um corpo feio e asqueroso.

– ROAR! – rugiu ele em um som ensurdecedor. – Quem ousa invadir meus domínios?

Naquele instante sombras negras similares àquelas que havia encontrado no restaurante durante a viagem entraram no galpão flutuando a vários metros do chão. Seus rostos ocultos pela escuridão só podiam ser vistos pelo brilho dos olhos avermelhados e profundos.

– Sou eu, o guardião dos espíritos – disse ao demônio –, o mal que você está produzindo nesta terra deve ser cessado. Eu vim para mandá-lo de volta para as sombras de onde veio. Aqui não é o seu lugar !

O monstro, que também flutuava no espaço, dirigiu seu olhar maligno em minha direção e após uma gargalhada respondeu:

– Besteira, ninguém tem poder suficiente para me derrotar. – Sua voz era debochada e irritante.

– Pobre idiota! – continuou. – Você é fraco e eu terei o prazer de me apoderar de sua alma.

Com um gesto de sua mão, o demônio fez com que uma névoa negra entrasse no prédio, vinda de todas as direções. Rapidamente, a fumaça sobrenatural cobriu o piso do depósito até a altura dos meus joelhos, fazendo com que fosse impossível enxergar abaixo daquela distância. Um frio mórbido tomou conta do lugar, e um barulho de placas se quebrando chegou aos meus ouvidos. As sombras negras começaram a girar dentro do depósito e então eu senti algo me pegar. O que identifiquei como sendo uma mão grudenta e fria agarrou-se em minhas pernas, fazendo com que eu caísse e fosse coberto completamente pela névoa.

Imediatamente, imagens de pessoas mortas, espíritos malignos e desesperados começaram a avançar sobre mim em meio a uma confusão de mãos que me puxavam para baixo. A fumaça negra assumia tons diferentes e revelava formas assustadoras que seguiam em minha direção, fazendo com que o medo inutilizasse minhas reações. Quando me atingiam, os monstros de fumaça se dissolviam, liberando espaço para outros em uma sequência de ataque infernal. Cada confronto era sucedido de um calafrio e um desespero, impossíveis de serem descritos. Uma lama fétida tornava o chão escorregadio impedindo que eu me segurasse em alguma coisa, e uma dor intensa castigava meus músculos. A morte se aproximava cada vez mais, enquanto eu me debatia tentando escapar da armadilha em que havia caído.

Grande parte de minhas pernas já havia penetrado em uma abertura no chão quando uma rajada de calor soprou a névoa, revelando a aparência das criaturas do submundo que me perseguiam. Rostos deformados, pele esverdeada e olhos negros foram as características que pude ver antes que os monstros fugissem de volta para seus buracos.

O menino que aparecera para mim desde o início surgiu ao lado de uma das máquinas. Junto a ele, vários outros espíritos de luz brilhavam emitindo uma claridade que quase cegava os olhos. Também não sei dizer exatamente de que maneira tudo acontece, mas sempre que me deparo com demônios, eles aparecem para enfrentá-los, protagonizando uma luta entre o bem e o mal.

Talvez este seja meu papel. Guiá-los e trazer-lhes força para que tenham coragem de enfrentar o mal em defesa da vida. Em um mundo sem esperança, ser alguém capaz de mostrar que o ser humano ainda vale a pena.

Ao ver os espíritos, o demônio recuou por um momento. Acho que nunca havia se deparado com forças opostas que fossem capazes de derrotá-lo e isso parecia tê-lo irritado profundamente.

Eu me levantei e, erguendo as mãos, comecei a entoar as palavras que me foram ditas em sonho antes da primeira vez que enfrentei uma criatura como aquela. Ao som das minhas falas, os espíritos de luz preencheram o galpão, perseguindo cada uma das sombras que agora fugiam desesperadas. Empunhando espadas de luz e com mantos que balançavam como asas ao vento, cruzavam os céus iluminando todo o caminho. Sua energia era tamanha que as luzes e as máquinas do prédio começaram a trabalhar em um ritmo frenético. Sempre que eram tocadas por suas espadas, as sombras negras emitiam sons assustadores e se desfaziam em uma nuvem de fumaça acinzentada que se misturava ao ar até desaparecer por completo.

Assustado, o demônio parecia não entender o que estava acontecendo. Seus olhos percorriam todo o prédio, em busca de uma maneira de inutilizar o poder que o estava derrotando. No chão, eu continuava a dizer as palavras com os olhos fechados e todo o espírito entregue àquele combate.

De repente, em meio a tantos sons, ouvi um rosnado distante. Tentei rapidamente encontrar sua fonte, mas, antes que eu pudesse perceber o que acontecera, um cão negro, com olhos vermelhos de sangue, cravou seus dentes no meu ombro.

Uma dor infernal tomou conta do meu corpo, antes mesmo que eu pudesse terminar a sequência de palavras que havia começado. Meu sangue escorria pela boca do animal, enquanto ele mordia minha carne de maneira violenta e selvagem.

Alguns espíritos de luz tentaram se aproximar mas, enfraquecidos pela ausência de minhas palavras, acabaram impedidos pelas sombras que se colocavam em seu caminho, atrasando sua chegada. Mesmo com a dor me consumindo, sabia que precisava reagir e, em um impulso instintivo, voltei a dizer as palavras, na esperança de devolver a eles a força de que precisavam.

Percebendo minha atitude, o cão largou meu ombro na intenção maléfica de morder meu pescoço e assim calar minha voz para sempre. Em uma reação rápida, peguei um pedaço de madeira e, segurando-o de maneira firme na frente dele, impedi que ele me alcançasse. Enquanto o animal mordia a minha mão, agora reforçada pela rigidez da madeira, continuei a dizer as palavras com mais força do que nunca. Embalados pelo cântico, os espíritos de luz venceram as últimas sombras que chegaram até o monstro, atingindo-o com força suficiente para lançá-lo longe.

Com um grito medonho e movido pela força dos espíritos, o monstro voou pelo interior do galpão, caindo sobre uma das máquinas gigantes que trabalhava freneticamente.

O demônio em forma de animal bateu com as costas sobre os dentes cortantes da serra e imediatamente seu corpo se desfez, criando uma pilha de insetos voadores mortos, idênticos àqueles que eu vira assim que havia chegado.

Era o seu fim.

Cansado, coloquei-me de joelhos, sofrendo com a dor latejante de minhas feridas. Mesmo com alguns cortes superficiais, podia mexer normalmente a mão que me protegera do ataque. Meu ombro estava pior, era possível ver que parte da carne havia sido dilacerada, mas a fera não havia conseguido atingir artérias ou veias consideradas importantes.

Mais uma vez eu iria sobreviver!

Tirei a camisa que estava usando e, com certa dificuldade, enrolei o pano rasgado sobre o corte para conter o sangramento. As cicatrizes daquela e de outras várias batalhas estariam expostas quando eu chegasse ao hospital, mas seria apenas mais uma costumeira sequência de explicações.

Aos poucos, as luzes do galpão foram novamente se apagando e o barulho das máquinas deu espaço ao silêncio. Assim como haviam chegado, os espíritos de luz desapareceram, um a um, no escuro da noite.

Em uma das extremidades da serraria, bem embaixo de uma enorme bandeira nacional, o menino me esperava. Caminhei com dificuldades até aquele ponto e parei em um platô de onde era possível ver um vasto gramado.

Espíritos como o dele cruzavam a grama, vindos de debaixo da terra em direção ao céu. O menino sorriu e desta vez não ouvi seus lamentos. Ele estava livre.

Em breve, homens cavariam aquelas terras e nelas

seriam encontrados muitos corpos. Um celeiro de almas, que um dia servira para aumentar o poder de um espírito demoníaco.

Quando isso acontecesse, todos enfim poderiam descansar em paz.

O GATO

Meu primo estava ali, desolado. Sua expressão confusa me cortava a alma. Vez ou outra seus olhos cruzavam com os meus, mas sempre passavam por mim, ele estava certo de que eu não podia vê-lo. Melhor assim. Nunca fomos próximos e eu não desejava que isso mudasse.

Um *flash* pareceu fotografar o momento em que o caixão começou a descer, em seguida o trovão anunciou uma chuva que nunca viria. Cumprimentei sua mãe com um abraço forte, bati no ombro de seu pai e me afastei. Com poucos passos me aproximei do jazigo onde ele estava sentado e parei ao seu lado.

– Não posso vê-lo ou escutá-lo – menti para não assustá-lo, acendendo um cigarro. – Mas sei que pode me ouvir. Henrique, vá até a capela e ore. Não se prenda aqui, ore pedindo que venham buscá-lo e logo eles virão.

O resultado era óbvio. Meu primo colocou-se de pé, desesperado, despejando em meu ouvido palavras confusas que tinham uma só essência: ajude-me.

Mas eu não podia. Aquilo era tudo que poderia fazer. Todos os outros espíritos me encaravam, aguardando por uma reação, e se eu a esboçasse voltaria para casa junto de uma legião.

Sou Jason, um nome incomum no Brasil, mas que

escolhi por não gostar do verdadeiro. O motivo? Digamos que não gosto do Balão Mágico. Fora isso, você só precisa saber de uma coisa: eu vejo espíritos desde os nove anos, aprendi sobre ocultismo aos quinze e fiz disto meu modo de vida. Faço diversos serviços, psicografo mensagens e livros, ajudo a polícia e tento lidar com assombrações e seres sobrenaturais.

Na ocasião do enterro do meu primo eu conheci Carol. Uma menina em pele e osso, branca como leite e de olhos assustados. Ela não devia ter seis anos ainda. A garota estava em um enterro, a alguns metros de nós, e estava encrencada, diga-se de passagem.

Agarrada à mãe, ela se esforçava para esconder o pânico. Seus olhos iam de um lado a outro, encarando cada um dos espíritos que a cercavam. Alguns riam dela, outros imploravam por ajuda, e os piores a xingavam hostilmente. Eles a acompanhariam e a garota ficaria semanas sem dormir, isso se não a atormentassem até a loucura.

Cabe aqui, meu caro, uma regra aparentemente egoísta, mas que ajuda muito: não se envolva com essas coisas. Assim como existem as trevas, também existe a luz. Deixe que os anjos façam seu trabalho. Quando você se envolve, dá merda e, em geral, a maior parte espirra em você.

Porém, já percebi de longe o quanto os pais a ignoravam. A garota era forte. Estava guardando aquilo para ela. Mas ali, cercada por todo o tipo de espíritos, ela me pareceu prestes a se perder.

Tentei seguir minha regra, mas um dos espíritos mais poderosos conseguiu puxar seus cabelos. Foi quando ela entrou em desespero e correu. Destino ou não, a pequena veio direto na minha direção. Ela corria sem olhar para frente e os espíritos vinham atrás dela, ainda mais instigados. Até meu primo se juntara à procissão.

Pensei duas, três vezes, mas cedi. Quando ela passou por mim, abracei-a com força e ergui todas as minhas defesas. Poderia explicá-las em detalhes, mas basta dizer que imaginei com toda a força de meu pensamento um círculo azul celeste me englobando, visualizei dois símbolos arcanos de proteção e fechei meus *chackras*. Complicado? Nem tanto, mas muito desgastante, principalmente quando espíritos furiosos lançam-se contra você tentando alcançá-lo.

Ela, que recebera meu abraço como se se agarrasse em um porto seguro, relaxou. Eu a olhei e sussurrei:

– Está meio cheio aqui, não?

Ela meneou a cabeça, concordando. Ela podia sentir as minhas proteções e sabia que estava segura.

– Se importa se eu os fizer sumir? – perguntei.

– Você consegue? – a esperança inundou sua face.

– Apenas se você permitir.

Ela concordou de imediato. Eu percebi, de relance, o pai dela se aproximando. Meu amigo, aquilo pareceria estranho, mesmo assim eu fiz.

Pedi que ela olhasse a ponta do meu indicador. Ela obedeceu. Então aproximei o dedo até sua testa, fazendo um movimento em espiral, ao mesmo tempo em que falava rapidamente ao seu ouvido sobre fechar os olhos, deixar de escutar e sentir. Quando toquei a testa dela, tapei seus olhos e continuei a falar.

A mão forte do pai dela me jogou para trás e o pé alcançou minha panturrilha. Mas eu havia conseguido.

– O que você pensa que está fazendo? – gritou ele.

Reforcei minhas defesas. Levantei-me defensivo, observando-o. Quando ele viu que eu não pretendia reagir, observou a filha que, de olhos fechados, estava parada, em pé.

– Eu só estava ajudando – respondi finalmente. Então bati palmas duas vezes.

Ela abriu os olhos e me encarou. Depois, olhou em volta e sorriu.

– O que está acontecendo, Carlos? – perguntou a mãe, segurando a filha e a puxando para si.

O resto da conversa não foi muito convincente. Expliquei algo em que eles não acreditaram. Entreguei um cartão com os dizeres "vidente" e "exorcista" e tive que me retirar para não ser agredido.

No fim, o resultado: uma menina livre de problemas, uma panturrilha roxa, toda a família me olhando feio por alguns dias e uma legião de fantasmas me seguindo até em casa e ficando na minha cola por cerca de um mês. Meu primo, inclusive.

Quem dera, de tudo que falei acima, eu não estivesse errado em uma coisa: os problemas da pequena estavam apenas começando.

***

Três anos depois eu estava na casa de Larissa, mãe de Carol. O relógio marcava dez para uma da manhã. Lá fora, chovia torrencialmente, com relâmpagos cortando o céu e trovoadas próximas.

Carol estava à minha frente, com um copo de leite nas mãos e um bigodinho branco sobre o lábio superior. Havíamos conversado durante horas sobre assuntos diversos até chegarmos aos seus animais de estimação. Um deles, em especial, era o foco de minha atenção. Um gato cinza escuro, chamado Fuligem, que estava com ela desde que era apenas um filhote. Ela o amava e ele, segundo ela, espantava as "pessoas ruins" que a acordavam durante a noite. Gatos e cães vivem em dois mundos. Confie quando estiverem ariscos, pois eles veem mais que você.

O fato é que o pai de Carol garantira que o felino havia sido atropelado dois meses atrás. Ao perguntar sobre o destino do corpo, ele disse, disfarçadamente, que jogara no lixo. Agora, o gato continuava visitando a pequena, para o desespero dos pais.

A rotina de Carol se mantivera a mesma, como se o bichano nunca tivesse partido. Ela abria a porta e chamava por ele, mas ele não vinha. Mesmo assim, ela enchia os potinhos dele com água e ração e colocava ao lado do fogão, onde sempre deixava.

– Fuligem entrará pela janela do banheiro. Ele pula muito alto, sabia? – completou sorrindo.

– Ele virá? – perguntei à garota, deixando meus pensamentos de lado.

– Ele não gosta mais da mamãe, mas ele virá – respondeu ela, mexendo nos cabelos negros antes de soltar um bocejo longo.

Quem me contratara para aquilo fora a própria Larissa. Apesar de terem rasgado meu cartão em nosso primeiro encontro, meu nome e as palavras-chave ficaram na sua mente. Jason, vidente, exorcista. Obrigado, Google.

Quando ela me ligou, estava desesperada. Demorou para que eu conseguisse entender o problema ou me lembrasse deles, no cemitério. Assim que consegui acalmá-la, ela me contou que depois do meu encontro com sua filha no cemitério, a pequena passara a dormir bem e até ficara mais calma por alguns meses. Contudo, passado esse tempo, os pesadelos voltaram e ela passou a contar sobre os espíritos que via. Eles estavam levando este "problema" como podiam, até que o gato morreu. No dia seguinte à morte do gato, os fenômenos começaram. Passos dentro de casa. Eletrodomésticos ligando sozinhos. Luzes oscilando. E o gato...

Por isso eu estava ali. Para ver, sentir e tentar resolver. Minha regra de não interferir ainda valia, claro, mas eu preciso pagar o aluguel.

Duas horas.

– Quer saber como se defender deles? – perguntei. – Posso ensiná-la.

– Claro!

– Primeiro, nunca olhe para eles quando quiser evitá-los. Olhe para o chão e fixe os olhos em algum ponto. Isso a ajudará a se concentrar, além de você não ver as caras feias deles.

– Alguns são feios mesmo – sorriu ela. Com a quantidade de proteção que eu colocara sobre mim, só espíritos barra pesada tirariam o clima leve sobre nós. Por isso, ela estava à vontade e calma.

– Depois de fixar o olhar, tente imaginar uma bola azul em volta de você. O azul da cor do céu, mais brilhante e bonito que você já viu.

– Certo.

Isso é o que gosto nas crianças. Elas não têm dificuldade em imaginar e as defesas vêm fortes. Eu podia visualizar a aura dela se blindando, a calma dominando seu espírito e a proteção divina caindo sobre ela.

– Ei, você é boa nisso!

– Eu não sinto nada – respondeu ela, e as defesas oscilaram.

– Eu sinto. Você está fazendo certo! Sempre faça isso e você estará protegida. Se algo ainda a incomodar, junte as mãos assim.

– Como se eu fosse rezar?

– Não como se fosse – respondi, bagunçando o cabelo dela. – Depois de juntar as mãos, reze. Peça aos anjos para protegê-la e reze. Eles virão. Mesmo que você não os veja, eles virão.

– Hora de dormir... – a voz autoritária de um pai que não estava gostando da conversa ecoou.

Ela apertou as mãos e levantou-se, observando o pai por alguns segundos. Então, rígida como uma tábua, caminhou para seu quarto.

– Boa noite.

Despedi-me, mas fui ignorado.

Eu me acomodei no sofá e fiz algumas preces. Uma delas pedia, do fundo da minha alma, para que o gato não viesse às três horas da manhã.

Gravador ligado, cigarro na boca e máquina polaroide na mão. Eu adoraria que máquinas digitais fotografassem o que quero, me economizaria uma nota. O relógio à minha frente marcava duas e cinquenta e seis.

Levantei-me, espreguicei e chequei a câmera fotográfica. Lá fora, a chuva cessara, mas o ar estava frio.

Duas e cinquenta e sete.

Caminhei pelos cômodos silenciosos. Em um dos quartos, Carol sussurrava uma discussão perdida com o pai. No outro, Larissa respirava pesadamente, vítima de remédios para dormir. Na cozinha, passos.

Duas e cinquenta e oito.

A luz oscilou. No quarto, Carol deu um grito de susto, seguido do chiado da TV sem sinal, que ligara com volume alto demais.

Eu *senti*. Tão certo quanto o vento que precede a tempestade, o ar tornou-se denso e frio. A TV foi desligada. Carol calou-se, respirando pesado. Os passos do pai ecoaram, refletindo seu andar preocupado e ansioso.

Duas e cinquenta e nove.

Acendi outro cigarro enquanto caminhava para a cozinha.

– Fiquem no quarto! – avisei, respirando fundo ao ver a luz da cozinha oscilar. Uma porta do armário se abriu sozinha. O rádio começou a emitir estática.

Três horas.

"Merda", foi no que consegui pensar quando a estática do rádio condensou-se em um miado sinistro. Algo arranhou as paredes no cômodo à minha esquerda. O banheiro. Um fio de sangue escorreu do parapeito, pela parede. Então aquela manifestação saltou, caindo suave no chão. Eu não podia vê-lo, mas o ouvia se movimentar.

Parei na frente da porta e levei a câmera aos olhos, mirando. Um vento gélido e forte preencheu a casa e ele então rosnou. Aquele rosnado de gato que mais parece um ranger das portas do inferno.

Baixei a câmera e recuei, sem tirar a foto.

Passos atrás de mim ecoaram agourentos. Senti presenças ali e até visualizei algumas. O suicida, me observando do banheiro. A velha, de pé, observando o olho mágico da porta da frente. O garoto com a perna ensanguentada brincando na frente da TV. Mas havia mais.

O rádio elevou seu volume novamente e o miado sinistro ecoou pela casa.

– Eu quero ir – pedia Carol.

Mas o pai não respondia.

Observei o chão, procurando pelo rastro que a mãe me descrevera e o encontrei. Um rastro fino de sangue marcava o local onde a manifestação havia passado, seguindo para a cozinha. No piso branco o rastro era mais evidente, não deixando dúvidas de se tratar de sangue.

Acompanhei aquele rastro lento se arrastar até a sua comida.

Outro miado. Deus, como aquele miado me incomodava.

Então ele parou. Mirei a câmera, ergui o *flash* e cliquei o gatilho.

Aquilo desencadeou o caos. As portas dos armários se abriram em simultâneo e começaram a bater. O telefone tocou, as TVs da casa ligaram em uníssono e o alarme do carro, na garagem, disparou. As cadeiras voaram para o chão e algo pareceu pisotear o telhado.

Eu me sentia imune a tudo aquilo até que algo tocou meu ombro, chamando minha atenção. Olhei, sentindo uma pontada de medo. Não havia nada.

Peguei a fotografia que saíra da polaroide e a sacudi, de olhos fechados, imaginando um globo de luz azul queimando em volta de mim, protegendo-me. Tentei também visualizar os símbolos sagrados que conhecia, mas só me lembrei de um. Eu estava começando a ficar nervoso.

Abri os olhos novamente e um homem queimado me observava com as órbitas vazias a um palmo do meu nariz. Desviei o olhar, encarando o chão. É uma técnica boa, não encará-los. Ajuda a manter a concentração. De soslaio, vi que a foto tomava forma e que havia capturado algo.

O miado novamente, acompanhado do som de algo mastigando a ração que Carol deixara ali.

Olhei a foto e franzi o cenho, preocupado.

Eu esperava ver um demônio ou algo do gênero. Minha teoria era de que uma entidade inferior tivesse se aproveitado da morte do gato para tomar o seu lugar e se aproveitar da luz que aquela menina emanava.

Mas eu estava errado. A foto mostrava um gato simples, cinza, com a cabeça esmagada e cujas entranhas se arrastavam no chão, deixando o rastro que eu via. Ele não era a causa. Era apenas mais um espírito atraído pelo dom de Carol.

Um *poltergeist* forte como aquele não podia vir de nenhum dos encostos que eu vira ali. Eu sentia os espíritos ruins, diferenciando-os dos perdidos, mas não havia nada ali na casa que justificasse o caos que se formava.

Então Carol gritou. E seu pai gritou também, pedindo ajuda.

Corri para o quarto e me deparei com a porta trancada. Dei uma ombrada forte, mas foi inútil. Chutei-a na altura da fechadura uma, duas, três vezes e ela cedeu, arrancando parte do batente.

No quarto, o pai de Carol a abraçava, enquanto brinquedos e roupas voavam em volta deles. A TV apresentava a estática preta e branca, chiando de modo ensurdecedor e nela, em meio àqueles pontos dançantes, a imagem de um homem de chapéu os encarava. Meus olhos latejaram na hora, e uma pressão na cabeça fez meus ouvidos estalarem. O coração descompassou e eu hesitei.

Ele era forte. Não apenas isso. A maldade transbordava dele. A maldade inerente de quem sofreu muito na vida e continuou a sofrer por muito tempo após a morte.

Eu não conseguia me lembrar de símbolo sagrado algum, nem de orações. O simples vinha à mente automaticamente e o globo de luz azul reforçou-se à minha volta. Entrei no quarto e o encarei.

– Ei, eu também posso ajudá-lo – eu disse.

Ele desviou o olhar e me encarou. O queixo quadrado, livre de barba, contorceu-se em dúvida. Ele desejava dobrar a vontade daquela menina para poder possuí-la. Tinha o poder para isso, mas levaria tempo.

– Deixe-a em paz... – pedi, colocando o último cigarro do maço na boca.

A mão trêmula buscou o isqueiro e, após duas tentativas, a chama apareceu. Acendi, traguei e o encarei novamente, abrindo os braços.

– Pegue a mim, e não a ela.

Ele me avaliou. Os olhos, negros e profundos, mediram-me de cima abaixo.

– Vamos lá... – eu insisti, deixando de pensar no globo azul e imaginando sombras negras me cercando.

Na TV, a manifestação se moveu. As mãos deixaram o televisor e a cabeça deixou sua tela com um sorriso macabro. Ele estava ansioso. Vira em mim um alvo frágil.

– Deixe-a e me use para completar o que quer que tenha deixado para trás em vida. Vamos lá, antes que eu mude de ideia – pedi.

A casa estava em alvoroço quando ele deixou a televisão escorrendo para o chão como uma massa disforme. Então ele se recompôs, erguendo-se na forma de um homem de preto, alto e robusto. Sorriu ao perceber que eu realmente tinha baixado minhas defesas e me atacou, agarrando minha alma e a empurrando como pode. O espírito se espremeu junto a mim em meu corpo físico e iniciou a batalha para manter o controle. Eu senti as minhas energias se esgotarem, bem como sentia os sentidos se abafarem.

Então desmaiei.

***

Acordei deitado no sofá, sentindo o cheiro de café fresco. A cabeça latejava como se tivesse bebido vinho doce a noite toda. Meu corpo estava todo dolorido e um suor grudento impregnava meu corpo.

– Eu disse para você não fumar dentro da minha casa – disse Larissa, oferecendo uma xícara de café.

– Mãe, tudo bem – Carol me defendeu.

Só então a percebi, sentada ao meu lado, com um sorriso meigo no rosto e olhos que transmitiam paz.

– Você está bem, pequena? – perguntei feliz em vê-la.

Aceitei o café cujo aroma o tornava irresistível e tomei-o de um só gole.

– Sim – ela assentiu, reforçando com a cabeça. – Mas eles ainda estão aqui. Estão mais calmos e não estão me incomodando.

– Eles nunca irão embora, mocinha. Eles estão em todo lugar. Você vai vê-los pelo resto de sua vida. Quanto a isso, não há o que fazer. Mas, aquele homem, o que dava medo, se foi, não?

– Sim. – Ela cruzou as mãos e comprimiu os dedos, apreensiva. – Quando ele... ele entrou em você, ele falou algo que não entendi e você desmaiou.

– *Ich komme wieder*– repeti o que o espírito havia dito.

Ah sim... Eu me lembrava bem de suas palavras e do sentimento que o dominara. A vitória daquele espírito rapidamente se tornou frustração. Suas palavras, em alemão, ecoaram pela minha mente antes de minhas forças me deixarem.

As tatuagens dos símbolos de proteção que trago nas costas e no peito acabam com minhas energias quando se ativam, mas elas fazem seu serviço. A das costas me protege contra possessões, mesmo que eu as permita. A do peito marca o espírito agressor e o expulsa para o purgatório. Aquela coisa não voltaria a incomodá-los.

– O que isso quer dizer? É outra língua? – perguntou Larissa, abraçando a filha.

– Algo como... Malditos Thundercats! – brinquei.

Elas riram. O clima estava ameno, mesmo com a velha sentada do meu lado, resmungando palavrões para o suicida.

– Ele falou em alemão – respondi novamente, colocando minha expressão mais tranquilizadora no rosto.

Então menti.

– Ele disse "Estou livre desse mundo".

– Então ele não vai mais voltar? – foi Carol quem perguntou.

– Não.

O sorriso por si já valia como pagamento pelo serviço.

– Escute, se quiser, eu posso ensiná-la a controlar sua visão e também posso ensiná-la a se proteger.

– Claro! – respondeu sem pensar.

– Claro – respondeu a mãe envolvendo-a em um abraço apertado. – Ela precisará da sua ajuda se quiser ter uma vida normal e se tornar a melhor enfermeira do mundo.

Enfermeira? Ela nunca teria uma vida normal. E se tornar enfermeira, se esse fosse o sonho dela, era de longe a pior das escolhas. Ela se cercaria de sofrimento e almas com assuntos mal resolvidos. Cedo ou tarde atrairia o mal novamente para si, eles iriam testá-la e alguns espíritos poderiam estar acima de suas defesas. Ali moraria o real perigo.

Mas eu não podia estragar sua alegria. Não ainda. Com certeza os encostos os haviam perturbado por dias, subjugando toda e qualquer alegria que pudessem sentir. Deixá-los aproveitar o momento fazia parte do meu trabalho.

O pai dela estava à porta, sentindo o sol tocar a pele. Quando deixei a casa e senti a brisa da manhã, eu me senti bem. Aquela garota emanava energia boa e com certeza havia passado um pouco para mim em sua vigília. Não era à toa que ela atraía os espíritos.

– Obrigado – disse ele.

– Nós vamos cuidar dela – respondi, deixando-o ali e indo para casa.

Eu precisava de um banho. Além disso, havia uma velha, um suicida, um garoto e um homem todo queimado me seguindo.

Ao menos, o gato se fora.

INSÔNIA

Estou aqui para lhe dar um conselho e espero realmente que você o ouça. Se o fizer, você nunca se encontrará na minha posição. Pode parecer engraçado, ou mesmo ridículo, mas é um conselho simples: nunca, em hipótese alguma, procure as trevas.

Certo, você sorriu. Afinal está lendo este livro. Se for corajoso, está sozinho, em seu quarto, sob a proteção apenas de uma luz de abajur. Talvez esteja na sala, ao lado de alguém com quem possa conversar e aliviar o medo. Não importa. Se você está procurando as trevas apenas para sentir medo, largue disso! Vá embora enquanto há tempo. Pois, no momento em que sentir o primeiro arrepio, ou pensar ter visto o primeiro vulto, meu amigo... já era.

Eles já estarão aí. Por isso, siga meu conselho. Vá ler um conto de fadas e não volte mais. Não volte para este livro ou qualquer outro. E, principalmente, não procure pelas histórias reais.

Vejo que não o convenci. Que achou engraçado... Muito bem. Vou lhe contar o que aconteceu comigo. Isso talvez os atraia. Talvez você sinta os calafrios, ou os olhos encham de lágrimas. Mas farei isso por um bem maior. Farei isso para que você conheça minha história e, então, deixe de se aventurar.

Eu era como você. Gostava de contos de terror. Gostava de ouvir os amigos contarem os relatos de seus avós. Fazendeiros, coveiros, policiais, médicos... Deus, o que os médicos veem... Enfim, eu era assim. Adorava a sensação de arrepio e sorria quando uma lágrima sem sentido escapava pelo rosto.

Eu gostava tanto disso que comecei a ler histórias de terror. Eu lia à noite. Sonhava com elas. Acordava assustado. Corpo ensopado e garganta seca. Isso não me impedia de continuar. Então, minha cidade teve sua primeira Bienal do Livro. Estive lá com amigos. Compramos livros diversos. Eles, com seus livros da moda. Eu, que já visitara Amityville, conhecera o Drácula e vira demônios mil sendo exorcizados, encontrei mais uma dúzia de livros bizarros e aparentemente medonhos.

Bem, com sacolas cheias curtimos o parque que cercava o pavilhão, ficando lá até o anoitecer. Foi legal. Rimos, nos divertimos. Folheamos os livros uns dos outros. Minha namorada passava longe dos meus. Enfim, fomos embora.

Segui meu ritual. Banho, um lanche leve e fui ler um pouco antes de dormir. O livro, intitulado Fortim, não tinha nada demais nos seus primeiros capítulos. Não tive um calafrio sequer. Eu sabia que teria uma noite tranquila.

Desliguei o abajur e fechei os olhos. Então eu tive o primeiro sonho.

Eu sentia como se estivesse na minha cama. O calor me fazia suar. O ar, pesado, entrava pelas narinas, mas parecia não satisfazer meus pulmões. A roupa incomodava. A posição incomodava. Então, tentei me mexer.

Os braços encontraram resistência, chocando-se com algo próximo. Os pés e joelhos também. Eu estava em uma caixa apertada. Tentei abrir os olhos, mas não consegui. Tentei falar, mas apenas sussurros deixaram minha boca.

Debati-me com mais força. O calor tornando minha pele oleosa. Os membros presos transmitindo inquietação ao meu coração. Onde eu estava? Por que não conseguia abrir os olhos? Ou estariam eles abertos?

Abri as mãos e tateei minha prisão. Era macia ao primeiro toque, feita de pano, mas, ao apertar, sentia algo duro. Um forro. Movi os pés, tentando raciocinar. O ar, pesado, atiçava o desespero. Movi os pés novamente. Lá, a caixa era mais estreita do que na altura dos braços.

Com pouco esforço levei as mãos ao rosto e tateei acima da cabeça. Então entendi.

Era um caixão. Eu estava em um maldito caixão.

Quando entendi, abri os olhos. Ainda sonhando. Preso àquela urna. Na altura do rosto, uma portinhola com vidro estava aberta. O céu, nublado, me observava agourento. A parede de terra escavada erguia-se nas laterais. Eu estava em uma cova.

Então um homem apareceu e, com um movimento, fez o barulho de terra sobre a madeira penetrar em meus ouvidos. O meu desespero, antes represado, rompeu-se inundando minha alma.

– Socorro! – gritei, esmurrando sem jeito minha prisão. – Estou vivo!

Mais terra sobre o caixão. Um pouco dela caiu sobre o vidro que me permitia ver o céu.

– Eu estou vivo! – gritei, chorando.

A terra parou de vir. O som de alguém caindo sobre o caixão me animou. Então uma mão tirou a terra do vidro e o homem encostou seu rosto ali, para observar.

Sua pele era pálida e oleosa. Rugas profundas marcavam os cantos de seus olhos, a testa, o queixo e entorno da boca. O cabelo, ralo e longo, parecia sujo, empapado de suor. O nariz era grande e avermelhado cheio de cravos, lembrando um morango maduro demais. As orelhas, grandes, tinham pelos grossos tampando-as. E os olhos... Os olhos eram medonhos. Um deles era leitoso, cego, mas inchado, cercado por um vermelho hemorrágico. Do outro, preto como o piche, vazava um líquido espesso, escuro.

Ele sorriu com dentes podres.

Eu acordei gritando.

Meus pais, acostumados com meus pesadelos, não se deram ao trabalho de levantar. Meu irmão mais velho, apesar de ter terminado a faculdade, ainda dormia comigo e me tacou um tênis, rindo.

– Machão... os zumbis o pegaram, foi? – zombou ele.

Com o coração batendo como um tambor no meu peito, virei de lado, quieto. O relógio marcava assustadoramente três horas, a hora dos mortos. Eu fiquei ali, encolhido, até acalmar os nervos e cair no sono novamente.

O resto da noite passou bem. Nos dias seguintes o livro Fortim provou ser interessante e me diverti mais em ver os personagens nazistas sendo vítimas do que tive medo da criatura das sombras. A vida continuaria mas, depois de um tempo, eu sonhei com o caixão de novo... E de novo... E mais uma vez. Até que o sonho mudou.

Eu gritava pelo velho, implorando que ele me libertasse da minha prisão mórbida.

– Tire-me daqui! – gritei. – Eu estou vivo!

Aqueles olhos me encararam novamente. Ele me lançou seu sorriso banguela e respondeu com voz cheia de prazer:

– Eu sei.

Então ele voltou a me enterrar. A terra caindo sobre o caixão e me lançando na escuridão. Quando terminou, veio o silêncio. Eu ainda gritava, pedindo socorro. O ar se esgotando. O calor parecendo me cozinhar.

A madeira então rangeu, como se algo fizesse pressão sobre ela, e o vidro se estilhaçou. Terra caiu sobre o meu rosto e começou a inundar o caixão. Quanto mais eu me movia, mais terra entrava, irritando meus olhos. Entrando por minha boca e narinas. Bloqueando a respiração.

Eu engasguei. Era o fim.

Acordei tossindo. O gosto de terra na boca. Meu irmão, sentado na cama, me observava irritado. Cuspi no chão. Um cuspe sujo. Um cuspe com terra...

Essa é a parte em que você duvida de mim, não é? Pode-se explicar um sonho, mas não se pode explicar a terra surgindo em minha garganta. Neste ponto você entende que algo ruim está acontecendo. Neste ponto você realmente fica preocupado. O problema é que eu não fiquei preocupado o suficiente. Ah, e o relógio, assim como todas as vezes, marcava três horas.

Aquele sonho me deu uma folga. Passei semanas sem tê-lo novamente, mas ele voltou. De início, eu cuspia a terra. Um dos dias eu cheguei a vomitá-la. Meus pais me levaram a um médico e chegaram à conclusão de que eu estava comendo terra. Não demorou para eu me ver conversando com um psicólogo e um psiquiatra. Os doutores deram até significado ao meu sonho. Disseram que eu estava me sentindo pressionado pelos meus pais, que queriam que eu decidisse que faculdade cursar. Até o fato de meu mano dormir no mesmo quarto que eu foi colocado na mesa. Segundo eles, eu queria atenção. Obviamente culparam meus livros – e tinham certa razão – e, pasme, o psicólogo me aconselhou a jogar mais videogame. Acho que ele não conhecia o *Silent Hill*.

Moral da história: meus pais tomaram meus livros mais obscuros. Escolheram meus jogos e, o pior, limitaram meus filmes. Até a nova temporada de *The Walking Dead* me proibiram de ver. Por fim, ganhei um remédio tarja preta para tomar antes de dormir.

Isso resolveu. Os pesadelos pararam. Os sonhos pararam. Eu simplesmente desmaiava um tempo depois de mandar a pílula garganta abaixo.

O tempo passou e diminuíram a dosagem do remédio. Eu prometi não comer mais terra. Nesse meio tempo eu vivi o mesmo sonho outras vezes, acordando com terra na boca, mas aprendi a conviver com aquilo.

Um dia, fuçando na minha pilha de livros – a que minha mãe inteligentemente colocara na porta mais alta de seu guarda-roupa – encontrei a causa de tudo. Na hora em que o peguei e olhei a capa envelhecida, com aquele símbolo macabro, eu devia ter sacado. Mas não saquei. Senti o calafrio percorrer minha espinha. O quarto pareceu ficar mais frio e algo parou atrás de mim e fungou no meu pescoço. Eu travei.

Travei mesmo.

Você deve conhecer a sensação. O corpo imóvel. A incapacidade de dar um simples comando e ordenar que sua cabeça se vire para confrontar o que está o assombrando. Não pude olhar para trás, mas corri feito um gato assustado e me enfiei no meu quarto. Meu irmão estava lá, mexendo no computador e me encarou. Ele sabia o que eu estava fazendo.

– Machão... – resmungou ele, erguendo uma sobrancelha. – Se acordar chorando de noite, eu filmo e coloco no YouTube... De novo.

– Relaxa. – Eu me ajeitei para ler o novo livro. – Já tomei meu remédio. Vou dormir feito pedra. Deixe eu dar uma olhada nisso daqui.

Como todo bom irmão mais velho, ele apenas ergueu o celular para me lembrar de sua promessa. Então comecei a folhear aquela porcaria. Espero que você entenda o motivo de eu não citar seu conteúdo aqui, muito menos descrever a capa ou revelar seu título.

O fato é que o livro me chamou a atenção e eu, como um inseto atraído pela luz, o li o máximo que pude antes de desmaiar, vítima da medicação para me fazer dormir.

Na noite seguinte, fiz o mesmo. E depois, e novamente, até que terminei a leitura. Ou melhor, desisti dela. Foi no momento em que encontrei a descrição daqueles malditos olhos no livro, o olho preto como o piche e o olho leitoso e sangrento, os mesmos do velho que me enterrara noite após noite. Com o coração estagnado, nó na garganta e um medo de revirar o estômago, fechei o livro e virei para o lado para dormir. Os pelos da nuca arrepiados como nunca. A certeza de que eu trouxera algo comigo para casa.

A partir de então, eu nunca mais sonharia com o caixão novamente. Mas eu desejaria sonhar...

– Venha... – chamou o velho, com sua voz arrastada.

Aquela voz despertava um instinto básico em minha alma. Quando a ouvia, eu sabia que precisava correr. Mas, na maioria das vezes, eu não conseguia. Eu queria descobrir o que viria a seguir. Eu queria ver o que se escondia por trás de um mistério. Eu sabia que aquele era um sonho "real". Eu sabia que não viria boa coisa dali e que o frio na espinha deixara de ser uma brincadeira para virar o aviso de perigo.

Aquele velho existia em algum lugar obscuro e eu havia entrado em contato com ele. Aquele velho estava no livro. Aquele velho se agarrara em mim.

– Eu estou sonhando – eu disse.

Eu sabia daquilo. Era como aqueles filmes com o Freddy Krueger. Você está no sonho, sabe disso, mas não tem o poder de acordar. De qualquer modo, eu repeti e tentei comandar minha mente:

– Eu estou sonhando. Acorde!

Um cheiro azedo invadiu minhas narinas e, então, eu abri os olhos. Um corredor de paredes sujas se estendia à minha frente rumo à escuridão. Uma luz fraca brilhava sobre minha cabeça e aquele era o porto seguro onde eu precisava ficar. Baratas do tamanho do meu polegar voavam à minha volta, pousando na parede e, às vezes, em mim.

Eu estava sonhando. Eu havia ouvido a voz do velho. Ele estava lá, no fim do corredor. Eu podia sentir.

– Venha – ele chamou novamente.

Então um som gutural preencheu o corredor, seguido de uma tosse sofrida que se estendeu até o que quer que fosse perdesse o fôlego e puxasse o ar aos pulmões com um gemido aterrorizante.

Fechei os olhos e os abri novamente. Eu continuava lá. As baratas voando. O chão e as paredes sujas. Meu corpo coçava. Membros, tórax e rosto. Eu podia sentir pequenas patas se movendo em meu corpo, por baixo de minha roupa.

– Venha! – o velho ordenou em um poderoso grito.

A luz acima de minha cabeça explodiu em cacos de vidro e a escuridão me envolveu. O som do meu coração, minha respiração pesada e as asas das baratas foram os únicos sons à minha volta por alguns segundos.

Então aquele som gutural se repetiu. Um arroto pesado, seguido da tosse longa e do gemido agonizante. Ou seria uma gargalhada bizarra?

Espantei uma barata em meu rosto. Esfreguei as mãos no corpo, na tentativa de afastá-las e de me coçar um pouco. Mas não me movi. Aquele pesadelo acabaria em breve, eu dizia para mim. Eu não daria um passo naquela escuridão.

Dez metros à frente, uma luz fraca acendeu, piscando algumas vezes até estabilizar.

– Chorão – o velho sussurrou na minha nuca.

O hálito podre e gélido roubando o resto de coragem que eu ainda possuía.

Meus joelhos cederam e fui ao chão, sem forças para andar. Minhas mãos esmagaram coisas crocantes, que se tornaram viscosas. Olhei para trás e encarei somente a escuridão. Eu precisava me mover. Eu precisava chegar na luz. Engatinhei alguns metros, coloquei-me de pé e corri em meio a escorregões.

A luz parecia mais distante a cada passo. A escuridão parecia mais densa. O corredor parecia mais cheio de insetos. Quando cheguei novamente à luz, ela explodiu, jogando cacos de vidro no meu rosto. Outra se acendeu e minha corrida reiniciou.

Segui neste pesadelo nojento, fugindo sem sair do lugar, até que caí em um buraco e mergulhei em algo líquido, fedido e gosmento. Esgoto ou sangue, não sei dizer. Levantei-me e me vi cercado por aquela gosma até a cintura. Então, uma última luz se acendeu adiante e um homem estava curvado sob ela. Ele estava de costas, sem roupa alguma no corpo enrugado. A mão direita mantinha-o de pé, apoiado contra a parede suja. A outra apertava o estômago como se pudesse conter o sofrimento dentro dele.

O som gutural vinha dele, quando escancarava a boca em ânsias. Uma baba azeda rompia de seus lábios, soltando junto dela sanguessugas e insetos. Ele então tossia. O corpo magro e pálido contorcendo-se a cada tosse. E, sem ar, o homem gemia puxando o ar de volta para os pulmões.

Mesmo naquele líquido, eu sentia coisas andando por meu corpo. Eu precisava sair dali. Mas só havia uma direção para ir. Eu só podia ir na direção do velho. E foi o que eu fiz.

Andei o mais rápido que pude na direção do velho. O líquido à minha volta baixou a cada passo até que eu me livrei dele por completo. Aquilo me deixou a poucos metros do velho. Dali eu pude ver melhor seu corpo esquelético. Sanguessugas e carrapatos gordos se agarravam à sua pele como verrugas. No chão, onde ele vomitava, baratas e outros insetos se retorciam uns sobre os outros, espalhando-se no chão e cercando-me.

Só então eu percebi que estava nu. Os insetos subiam em meu corpo. Os carrapatos me mordiam e bebiam meu sangue. Eu entrei em desespero, arrancando-os como podia.

– Agora, você sabe quem eu sou – murmurou ele, tomando fôlego para mais contrações.

Então, veio o som gutural e ele escancarou a boca para jogar mais insetos no chão. Quando se recuperou, limpou a baba e me encarou com aqueles olhos macabros.

Eu tentei recuar, mas ele segurou-me pelo braço e se aproximou.

– Bem vindo à minha casa! – gritou.

Eu despertei no hospital. Meu pai estava sentado no sofá de acompanhante, encarando-me com olheiras pesadas. Quando percebeu que eu acordara, seus olhos ganharam brilho e um sorriso brando tocou seu rosto.

– Você teve outra crise – disse ele.

– Eu sei – respondi, lembrando-me da imagem do velho me agarrando.

Tentei me sentar, mas minhas mãos estavam presas na cama.

– Calma – meu pai pediu, levantando-se para me soltar. – Eles o prenderam. Por segurança.

Eu o encarei, preocupado. Sabia o que estava por vir. A ideia de me internar para tratamento não seria nova. Segurei minha ansiedade e permaneci em silêncio enquanto ele libertava minhas mãos.

– Não vai adiantar me internar.

– Eu não sei como ajudá-lo, filho – sussurrou ele, segurando minha nuca e me encarando nos olhos. – Eu não sei o que fazer. Olhe seus braços. Olhe o que você fez enquanto dormia.

Eu os estudei. Feridas. Várias delas espalhavam-se em meus braços. Elas coçavam. Parando para sentir, meu rosto também coçava. E meu peito. Levei os dedos ao rosto e encontrei mais feridas. Os insetos... Eles haviam feito aquilo. Meus olhos encheram-se de lágrimas e não resisti ao choro.

– Os médicos vão resolver isso – ele disse. – É difícil entender as doenças da mente, mas eles vão cuidar de você.

– Eu não preciso de médicos – respondi, tomando coragem para dizer a frase mais difícil da minha vida.

Meus pais não eram religiosos. Ele era ateu. Minha mãe não pensava em religião. Nem eu, mas eu sabia o que estava acontecendo. Eu o vira no livro. Eu sabia o que ele era. Eu sabia até seu nome.

– Eu preciso de um padre.

Dois meses. Foi o período em que eu passei internado sem qualquer diagnóstico otimista. Um quadro de médicos formou-se para estudar meu caso, visto que os remédios para esquizofrenia não funcionavam em mim.

O velho havia se tornado tão forte que, nas noites em que me dopavam, o pesadelo persistia. Todas as noites eu visitava aquele corredor nojento. Todas as noites eu era devorado por insetos. Todas as noites eu mergulhava no desespero. Minha mãe arrumou o padre, que me abençoou, mas até ele recuou quando a palavra exorcismo foi citada. Ela disse que ia continuar tentando, sem esconder o transtorno no olhar.

Então, meu irmão, em uma visita, me disse a coisa mais inteligente que eu poderia ouvir:

– Quer que eu queime seus livros? – perguntou.

Eu senti. Senti que aquilo era o que deveria ser feito. Um livro em especial. Aquele livro com a descrição do velho.

– Queime todos – pedi esperançoso. – Por favor, queime todos!

E ele se foi, levando consigo a chance de eu me livrar daquilo. Em várias culturas e lendas o fogo sempre foi visto como agente purificador. Queime algo maligno e ele será derrotado, ou convertido.

Coincidência ou não, naquele mesmo dia eu conheci uma alma de luz. Uma das enfermeiras, que me observava há algum tempo, a distância, e que, só agora, decidira conversar comigo. Ela entrou no meu quarto, tímida. Muito alta, magra e de cabelos negros tão volumosos que faziam sua cabeça parecer pequena, ela caminhou até mim, rígida como se usasse um colete cervical. Seu olhar, em contraste com a postura tensa, era cheio de afeto, e sua expressão de preocupação ostentava um suave sorriso de incentivo.

As mãos, com dedos entrelaçados, apertavam-se com força quando ela parou próxima a mim e me encarou. Uma encarada que parecia me atravessar, enxergando mais do que a simples visão pode revelar.

Só então ela falou, com uma voz baixa, com ternura quase materna.

– Desculpe-me por não vir ajudar antes – suas mãos se esfregaram, tornando a apertar os dedos novamente –, eu precisava de ajuda para lidar com o ser que o atormenta. Conversei com um amigo meu em busca de orientação.

– Você sabe? Você... – levantei-me, tentando formular uma pergunta, frente à alguém que pudesse *realmente* conhecer meu problema.

Ela recuou um passo, olhando para a porta, preocupada, e gesticulando para que eu parasse de falar.

– Se eles descobrirem, eu não poderei ajudar! – sussurrou ela. – Sente-se, ou vou embora.

Eu arregalei os olhos, desconcertado.

– Por favor – ela pediu –, se dissermos a verdade, eles não me deixarão ajudá-lo. Mas, se você tiver calma, e confiar um pouco em mim, podemos resolver isso.

– Tudo bem... – respondi, sentando-me na cadeira ao lado de minha cama.

O quarto à minha volta era simples, com uma cômoda para as roupas, um criado-mudo com alguns livros – apenas semideuses e bruxinhos, para não atiçar meus pesadelos –, uma TV, as cadeiras e um vaso com flores trazido por minha mãe. A parede era branca e estaria nua, não fosse por um quadro que retratava uma paisagem calma. O chão era de piso frio. Uma janela ampla revelava que eu estava no segundo andar, além de me fornecer uma boa vista dos jardins para banho de sol.

– Conte-me sua história – pediu ela, sentando-se ao meu lado.

Mãos juntas, dedos ainda entrelaçados. Logo entendi que eu a incomodava. Ou aquilo que me acompanhava.

– Conte tudo, desde o seu primeiro sonho. Conte-me tudo que achar relevante.

Eu contei. Ela ouviu atenciosamente, ora franzindo o cenho, ora negando com a cabeça, em reprovação. Só quando eu terminei ela ergueu os olhos cheios de lágrimas e me encarou. Até então, apesar da atenção, seu olhar era vago, distante.

– Quando eu era criança, um amigo me disse – começou ela – "cuidado com o que procura, pois você pode encontrar". Acredito que você esteja sofrendo isso, na prática.

Ela tinha razão. Toda minha juventude foi passada procurando o obscuro, adentrando os domínios da maldade e imaginando o sinistro. Eu sempre senti que algo estava próximo. Os arrepios e as lágrimas eram o sinal disso. O sinal de que algo fora atraído e estava ali, ao meu lado, escutando meus pensamentos e se alimentando do meu medo. E eu sempre o ignorei. Eu sempre quis mais.

– Nós todos temos defesas naturais contra os planos inferiores – ela se ajeitou na cadeira, cruzando as pernas compridas. – Nós podemos fortalecê-las. É trabalhoso, mas possível. Você fez o inverso, se jogando no mundo das histórias de terror, fictícias ou reais. Você enfraqueceu suas defesas, tornando-se mais suscetível a *eles*.

Fiquei quieto. O discurso dela parecia um diálogo saído dos meus livros, mas ela tinha razão. Eu podia sentir isso. Cada pelo arrepiado da minha nuca concordava com ela.

– Então você encontrou os livros na Bienal e um deles, em especial, trouxe o tal velho até você. Você leu a descrição do velho nele, certo?

Concordei, meneando a cabeça. A descrição do velho estava lá. Seu nome também... Mas isso eu havia ocultado dela. Eu tinha medo de trazê-lo à lembrança.

– Você consegue rezar? – perguntou ela.

– Sim... eu acho – respondi, sem entender a pergunta.

– Posso ouvir?

– Pai nosso, que... – a mente turvou, hesitei – está no céu...

– Continue.

– Está no céu...

Ela apertou ainda mais as mãos. Encarou o chão, com aquele olhar perdido e pediu:

– Santificado seja Vosso nome... Repita.

– Não! – respondi, irritado. O coração acelerado. As mãos suando.

– Tudo bem.

Ela recuou a cadeira. O olhar ainda no vazio.

– Então apenas repita comigo um nome. Pode fazê-lo, por favor? Isso vai ajudá-lo.

– Tudo bem – respondi, ainda na defensiva.

Na ocasião eu não conseguira raciocinar muito bem o que ela estava fazendo. No fim, entendi que era um teste.

– Repita comigo: Jesus Cristo.

Eu queria dizer. Mas não conseguia. A palavra não vinha à minha mente. Mesmo forçando-me a tentar, a boca abria, mas nada vinha. Vinha a coceira nos braços. O gosto de terra na boca. A imagem do olho negro e do olho leitoso, encarando-me. Eu me lembrava do desespero do caixão ou do cheiro do corredor escuro. Mas não conseguia trazer à língua o nome do filho de Deus.

E, por alguns segundos, eu me desesperei como nunca antes.

– Calma – pediu ela, segurando minha mão.

A mão dela era magra, com dedos compridos e finos. Seu toque era gelado, como se o sangue tivesse fugido ao se aproximar de mim.

– Nós vamos resolver isso.

Sem resposta, apenas encarei o chão. O medo do desconhecido só piorou ao ver meus anseios tomarem formas. Os filmes e livros que eu lera sobre demônios também não ajudavam minha imaginação.

Ela se levantou, assumindo a postura militar e caminhou até a porta.

– Eu o ajudarei – disse, olhando para seu relógio de pulso. – Vou tentar ficar com você durante a noite. Por enquanto, preciso lhe pedir uma coisa.

Aguardei o pedido, sem ansiedade. A imagem que se formara de meu inimigo me assombrava a mente.

– Preciso que você durma – pediu ela. – Preciso que você durma agora. Pode fazê-lo? Quero que esteja descansado, pois, à noite, passaremos acordados. E trabalharemos em reforçar suas defesas.

– Não sei se consigo, minhas mãos ainda estão tremendo – respondi. – Além disso, não tenho sono.

– Você disse que sempre acorda dos pesadelos às três da manhã, não? – comentou ela. – Logo serão três da tarde. Essa é uma hora sagrada. Lembre-se, quando sentir medo, que tudo no universo possui polaridade. O mal nos cerca com a mesma intensidade que o bem. Deite-se e relaxe. Ao menos tente.

Eu não queria dormir. Mas algo nela me inspirava confiança. Em resposta, deitei na minha cama e a encarei. Os pensamentos não me deixariam dormir tão cedo, mas me esforcei e, depois de um tempo, apaguei.

Naquela tarde não tive sonho algum. Acordei no fim da tarde, incomodado por um enfermeiro com meus remédios. Como nunca dei problema para tomá-los, eles não se preocupavam, o que me deu a chance de esconder as cápsulas embaixo da língua para livrar-me delas na privada.

A noite veio, mas a enfermeira não. Eu queria perguntar dela, mas não desejava levantar suspeitas. Podia até mesmo ter inventado alguma coisa, mas o nome dela também não me vinha à mente.

A mente nublada. A coceira nos braços. O gosto de terra.

A noite seguiu adentro. O silêncio aguçou os sentidos. Eu tive que me manter acordado. Vez ou outra, algum interno gritava, gemia ou gargalhava. Mas logo era contido, não contaminando os outros pacientes. Sem relógio no meu quarto, o tempo se arrastou. Acendi a luz e peguei o bruxinho para ler, mas durou pouco. Logo um dos enfermeiros me chamou a atenção e pediu que eu apagasse a luz. Tive que obedecer e me manter acordado, na penumbra.

A primeira noite foi fácil. No dia seguinte, aquela enfermeira não voltou. Mesmo assim, dormi um pouco à tarde, fingi tomar meus remédios e passei a noite em claro.

No terceiro dia, minha mãe veio me visitar e o sono da tarde se foi, somando-se ao cansaço das entediantes noites em claro. Na ocasião, perguntei de meu irmão, e ela disse que ele fizera uma fogueira e enchera a casa de fumaça. Sorri, satisfeito. Mas a noite veio e algo me dizia que não seria bom dormir. Um medo de sonhar novamente com o velho me agitava na cama. Com dificuldades, mantive-me acordado até o sol raiar.

No quarto dia, não consegui dormir novamente à tarde. Desta vez por conta do meu psiquiatra vir conversar comigo, seguido do meu psicólogo. Eles estavam me avaliando e eu sabia que respostas dar. O fato de estar a três noites sem dar trabalho aos enfermeiros ajudou a deixá-los menos desconfiados. Ainda assim, a conversa com o psicólogo terminou com um apenas "Logo você poderá retornar para casa". Quando conversamos, o fizemos caminhando pelo jardim. Aproveitei o trajeto para procurar a enfermeira que iria me ajudar. Mas não a encontrei. Somente quando me despedia do doutor, perguntei dela, tentei descrevê-la.

Ele franziu o cenho, observando-me com cautela.

– Ela estava cuidando de você? – perguntou, analisando-me.

– Sim – menti –, gosto da companhia dela.

– Lamento – disse ele, colocando a mão em meu ombro. – Ela teve um derrame três dias atrás. Faleceu enquanto dormia.

Minhas pernas bambearam. O medo tornou-se pânico. As lágrimas vieram aos olhos e o choro comprimiu meu peito. Não por ela, eu mal a conhecia, mas por mim, por acreditar que, se o velho pôde matá-la, ele podia também me matar.

Meu desespero foi tanto que, ilogicamente, eu quis fugir. Comecei a correr sem rumo até encontrar os portões que me prendiam na clínica. Após sacudi-los, tentei escalá-los. Mal vi quando me agarraram. Apenas senti a agulha na minha perna. O corpo amoleceu e eu fui lançado para o último lugar onde desejaria estar: meus sonhos.

Eu estava amarrado na minha cama. Mãos e pernas atadas às grades de proteção, impedindo-me de levantar.

A janela, fechada, se agitava com as rajadas de vento. Lá fora, uma chuva torrencial lavava a cidade, em meio a raios e trovões que pareciam chicotear a clínica onde eu estava. A energia havia acabado, sendo uma vela a única fonte de luz à minha volta.

Distantes, os outros pacientes estavam agitados, gritando e fazendo barulho, quebrando e arremessando coisas. Os enfermeiros corriam de um lado para o outro, tentando conter o caos.

– Acalme-se, é apenas uma chuva forte.

A voz conhecida chamou minha atenção. Só então notei o vulto esguio, sentado na poltrona do quarto à minha esquerda.

– Como você se sente?

– Amarrado – respondi, aliviado ao ver meu irmão se levantar. – Você queimou os livros?

– Claro! – sorriu ele, virando-se para a janela, quando um relâmpago pareceu explodir nos jardins. – A mãe ficou furiosa.

– Ela falou.

– Sabe, eu dei uma olhada em alguns deles e encontrei uma descrição parecida com o seu velho. Eu só não queimei aquele. E o trouxe, para você ver – explicou ele, aproximando-se com um livro na mão e mostrando-o para mim.

– Não – supliquei. – É esse que você precisa queimar!

– E você realmente acredita que vai resolver algo? – perguntou ele, folheando as páginas amareladas.

Uma barata pousou sobre o livro e ele a enxotou com um peteleco. Então me encarou.

Um de seus olhos estava leitoso, com as bordas avermelhadas, quase sangrando. O outro era negro e um líquido escuro e viscoso escorria dele, pelo seu rosto. Quando o pânico se revelou em meu rosto, ele sorriu. A boca não tinha dentes e as suas gengivas sangravam, como se tivessem sido arrancados com um alicate. Ele desamarrou uma de minhas mãos e jogou o livro no meu colo.

– Você acha que é tão simples assim? – indagou, cravando as unhas no próprio rosto e rasgando a própria pele enquanto gargalhava. – Você é meu... Para sempre.

Joguei o livro de lado e soltei minha outra mão como pude, sentando-me e iniciando uma tentativa desesperada de soltar meus pés.

– Diga meu nome! – pediu ele, com o rosto ensanguentado, aproximando-se do meu rosto. – Diga meu nome!

Meus pés estavam presos por simples fivelas, mas eu não conseguia soltá-las. Meus dedos pareciam ter perdido os ossos e minhas mãos tremiam descontroladamente.

– Você é meu! – gritou ele, dando um tapa na vela.

A escuridão me engoliu. Insisti nas fivelas e meus pés finalmente se soltaram. Pulei da cama, e coloquei-me de pé. Olhos arregalados. Ofegante. Procurando por ele na escuridão.

Um relâmpago iluminou o quarto. Ele não estava lá.

Escuridão.

Tateei a parede, tentando me aproximar da porta. Passo após passo. Os pacientes gritavam ensandecidos. A chuva martelava o telhado como se milhares de pedras caíssem sobre nós.

Outro relâmpago.

Ele estava na minha frente. Havia arrancado parte de seus cabelos. Era metade o velho que me atormentava, metade o irmão que crescera ao meu lado. Meu corpo coçava. O gosto de terra inundava minha garganta.

– Eu vou matá-lo – ele sussurrou –, como eu fiz com a magricela intrometida. Como eu fiz com seu irmão...

– Socorro! – gritei, me afastando.

Outro relâmpago iluminou o quarto. A janela se abrira com uma rajada de vento. Eu não pensei. Apenas corri e me joguei contra ela. A chuva fria tocou meu corpo e o vento gélido aguçou meus sentidos. A queda do segundo andar demorou mais do que imaginei. Dois longos segundos, que mais pareceram dias. Então veio o choque. Meu corpo encontrou a mesa de plástico e a estilhaçou, atravessando-a e encerrando a queda no chão enlameado.

Apoiei as mãos para me levantar e uma pontada cruel no pulso direito me fez gritar e girar no chão. O osso quebrado estava à mostra. O sangue escorria quente. Tentei novamente, apenas com a mão esquerda, apenas para gritar novamente e encontrar meu pé virado na posição contrária. O peito doía e o gosto de sangue se misturara ao de terra.

– Você não entendeu? – gritou ele, da janela do quarto. Um relâmpago cruzou os céus acima dele. – Ninguém pode ajudá-lo!

Então ele pulou. Braços e pernas abertas. Eu, pasmo, apenas acompanhei sua queda até o chão. O som de ossos rachando ecoaram em meus ouvidos e seu corpo parou de mexer.

Chamei por meu irmão uma vez.

Foi o suficiente.

Ele ergueu a cabeça rachada e sorriu. Com membros retorcidos, arrastou-se até mim, aos berros:

– Você é meu! Ninguém pode ajudá-lo! Eu decido quando você sofre e quando você respira, e agora, irmãozinho, você vai sofrer!

Tentei girar o corpo para me arrastar para longe, mas afundei na lama, escorregando e enfiando a cara na terra. Ele me agarrou, virou-me de barriga para cima e cravou os dedos na minha barriga, atravessando as roupas e carne. Senti uma fisgada e ele puxou algo.

– Deus... Alguém me ajude! – pedi.

Naquele momento, lembrei da enfermeira. Suas mãos juntas, nervosas. Seu sorriso meigo e olhar consolador.

Mais um relâmpago. O velho, ou meu irmão – eu não sabia dizer –, gargalhava enquanto puxava algo parecido com uma corda de dentro do meu abdômen.

– Pai nosso... – lembrei-me – que estais no céu.

Um arrepio percorreu meu corpo. Eu *senti* uma presença ali. Não sei explicar o que era. Eu apenas senti. Então as palavras vieram.

– Santificado seja o vosso nome – a voz ganhou força, então eu gritei –, venha a nós o VOSSO reino!

Mãos me sacudiram do chão e meus olhos se abriram. Eu estava no quarto. Um enfermeiro estava sobre mim, segurando-me. Meu rosto estava molhado e meu pai estava na minha frente, com o vaso de flores na mão. Minha mãe segurava minha testa e, com voz baixa, terminava suas palavras:

– Livrai-nos do mal – disse olhando para mim.

O olhar aflito da mãe que não consegue ajudar o filho.

– Amém... – respondi, chorando.

Eles estavam ali, pois meu irmão havia morrido no início daquela noite. Pretendiam levar-me para vê-lo no velório e me encontraram daquele jeito.

Infelizmente, por conta daquele ataque, não me deixaram

sair e eu não pude me despedir dele. Os tranquilizantes que haviam me dado me derrubaram o resto da noite e o dia todo, até o fim da tarde.

Quando acordei, um homem me aguardava. Chapéu de aba longa, óculos de armação grossa, bigode espesso e um terno surrado se destacavam nele.

– Olá, garoto – disse ele, se levantando e encostando a porta do quarto para que tivéssemos privacidade. – Sou Jason. Carol me contou sobre você e o demônio que o atormenta.

– Carol? – perguntei sem raciocinar. Então entendi. – A enfermeira?

– Sim. Não temos muito tempo, por isso peço que escute com atenção. Eu conversei com sua mãe ontem à noite e expliquei o que realmente está acontecendo com você. Eu a convenci de que seu lugar não é aqui.

O alívio em ser compreendido por alguém trouxe a emoção aos meus olhos. Limpei as lágrimas e continuei a escutar. Aquele homem poderia me salvar?

– Eles não vão deixá-lo sair, então vamos quebrar algumas regras, ok? Eu quero que você vista isto – disse ele, tirando o terno e o chapéu. – Você vai sair daqui como se fosse eu. Consegue fazer isso?

Olhei para o gesso no meu pé e na minha mão. Eles notariam.

– Eles não vão perceber – respondeu ele, como se lesse minha mente. – Basta você andar firme, em velocidade normal e com a cabeça baixa. Eles estão ocupados demais em suas rotinas para perceber. Eu entrei mancando e disse ao segurança que estava doente. Você vai conseguir.

– E depois? – perguntei. Mesmo que conseguisse deixar aquele lugar, o que seria de mim?

– Sua mãe está lá fora, o esperando. Ela o levará para casa e eu o procurarei. Eu juro, garoto, o demônio que fez isso com Carol irá sofrer.

Trocamos de roupas, ele revelou que o bigode era falso e, disfarçado de modo precário, eu o deixei naquele quarto para mancar pelos corredores do hospital.

O homem estava certo. Ninguém me impediu de sair.

Quando cheguei à rua, vi o carro da minha mãe me aguardando. Foi ali, observando-a aflita, que tomei a decisão mais difícil da minha vida. Eu não queria vê-los sofrer. Eu não queria que o velho os machucasse. Por isso, eu dei-lhe as costas e fugi para nunca mais voltar.

Você pode estar se perguntando como me livrei do velho. Bem, este não é um conto de fadas. É um conselho, eu já lhe disse. Não há finais felizes, apenas a lição: não mexa com essas coisas.

Eu não me livrei *daquilo*. Ele está aqui, me observando enquanto eu escrevo. E pode estar aí, ao seu lado, enquanto você está lendo. Eu já disse. Um arrepio, ou uma lágrima involuntária é o sinal.

Eu sobrevivi porque me adaptei. Fugi da minha família e não fiz mais amigos para protegê-los. Deixei de dormir à noite para não encontrar com ele e agora durmo de dia, de preferência perto das três da tarde.

Assim vou levando minha vida. Desejo que ninguém mais passe por algo semelhante. Agora, se mesmo assim você continua a procurar por isso, boa sorte.

Não diga que não avisei.

O BROCHE AZUL

— Não, Tatá, eu posso ir! Olha só *tomo* eu *tlesci* – a pequena Liz ficou na ponta dos pés.

Tatiana se esforçava para consolar sua chorosa irmã de quatro anos; ela não poderia participar do baile de formatura do nono ano, que aconteceria em duas semanas. Sorrindo, ela via a pequena se equilibrando para andar na ponta dos pés. A divertida peripécia de Liz fez com que Tatiana se distraísse e fizesse um desvio em sua rota tradicional.

As irmãs sempre faziam o mesmo percurso ao voltar da escola. Atravessavam a rua logo em frente à casa de dona Tereza, cruzavam a praça e caminhavam pela rua principal e, quando se aproximavam do aterrorizante e velho casarão abandonado, passavam para o outro lado. Só quando um gelado calafrio percorreu seu corpo, Tatiana notou que a distração a levara a pisar na temida calçada.

– Não *dosto* desse *ludar*, Tatá – disse a pequena, puxando a irmã pela mão.

– Ninguém gosta, Liz – murmurou Tatiana, que mal notava o esforço de Liz para arrastá-la.

Anos e anos de histórias terríveis fizeram com que Tatiana evitasse até olhar para aquele lugar. Agora, parada na calçada, ela se rendeu à curiosidade. A casa velha e escura ocupava dois terrenos, a grade de ferro escura e enferrujada cercava todo o lugar, e o jardim abandonado, abarrotado de mato e galhos secos, praticamente impedia o acesso à escada que levava à porta principal. O ar mofado e rançoso que saía do respiro do porão, praticamente invisível com a altura do mataréu, fez com que o corpo de Tatiana se arrepiasse. Todas as janelas da casa estavam fechadas, e a madeira, descorada. Apesar de antiga e descuidada, não tinha nem uma ripa faltando. O local parecia ter sido há muito tempo selado, a única coisa que escapava eram as histórias terríveis que cercavam o lugar.

Embora quisesse se afastar dali, um brilho atraiu sua atenção. Soltando a mão da irmã, ela se aproximou da enferrujada grade de ferro.

– O *tevoxêtá* fazendo, Tatá? – sussurrou Liz, assustada.

– Olhe lá, perece uma joia – ela apontou para o ponto brilhante caído em meio aos arbustos secos.

Tatiana forçou o portão, tentando abri-lo. Apavorada, a pequena Liz começou a se afastar, em direção à rua. A irmã mais velha aumentou a força e, irritada, chacoalhou a grade de metal, produzindo um barulho que teria atraído a atenção de toda a rua, se não fosse pelo estranho fato de estar vazia. Normalmente, àquela hora, a mesma rua costumava ficar cheia de estudantes que voltavam da escola.

Uma nuvem pesada tampou o sol, impedido que Tatiana voltasse a ver o brilho; ela sabia que estava ali e que aquilo tinha de ser seu.

– Liz, você tem que entrar lá e trazer para mim – ordenou.

– Não, Tatá. A vovó me disse *panunta* passar por *ati*. Eu não *dosto* desse *ludar* – repetiu a menina, que sentia o frio tomar conta do seu corpo. – Vamos patasa, Tatá – implorou.

Tatiana olhou para a rua, deserta. Compreendia que o certo seria desistir daquilo, nem sabia se era algo valioso ou só um caco de vidro. Mas não conseguia se afastar da grade e do desejo de que aquele objeto estivesse com ela. Podia até mesmo sentir seu contorno entre os dedos.

– Não seja medrosa, Liz. Você disse que cresceu, mas não tem coragem de ir até ali. É um bebê mesmo, nunca poderá ir à minha formatura.

Ela não costumava ser tão ríspida com a irmã, só precisava daquilo e nem mesmo as manhas de Liz a fariam desistir. Novamente, Tatiana forçou o pesado e enferrujado portão. Mal acreditou quando ouviu um clique. Satisfeita, encarou a irmã, que se abraçava, com os olhos arregalados, balançando a cabeça para Tatiana.

– Por favor, Tatá – murmurou ela. – Eu não *telo* ir lá.

– Eu volto em um segundo – disse.

Tatiana forçou mais uma vez a grade, que protestou após anos de inutilidade. As grossas pedras do piso reclamavam de cada passo, pareciam soltas sob a sola de seu sapato. Ela ignorava o calafrio que atravessava seu corpo. Seguiu, então, até o ressequido arbusto e apanhou o objeto, cheio de terra e musgo. Teve de assoprá-lo e esfregá-lo em sua calça jeans para revelar o antigo broche.

Era inacreditavelmente lindo! Suas pequenas pedras azuis combinavam perfeitamente com o tom do vestido que usaria no baile. Ela se virou para Liz e levantou o broche. Tomando coragem, a pequena correu até a irmã, curiosa com o adereço brilhante.

– Olha como é lindo, Elizandra – disse ela mostrando o broche.

Assim que tocou o objeto, o olhar de medo tomou as

feições de Liz. Ela caiu no chão e começou a ser arrastada por uma força invisível.

Tatiana segurava as pernas da irmã, puxando com toda a força, mas não conseguia trazê-la de volta para o portão. Cada vez mais, ambas eram puxadas para o alpendre de entrada do casarão. Lá chegando, a porta se abriu e uma rajada forte de vento empurrou Tatiana para trás.

A pequena Liz foi aprisionada sozinha no interior da temida casa.

Liz acordou com o coração acelerado. O cheiro de bolor e de algo estragado a deixou enjoada. Ela olhou para sua mão, sentia o broche em sua palma suada. Sabia que precisava soltar aquilo, mas o temor de que algo pior acontecesse a fez apertar os dedos com força. Lutando contra a letargia, sentou-se no colchão esburacado; temia olhar em volta, não sabia o que veria.

Vozes que vinham do andar de baixo a obrigaram a se levantar. Por pior que se sentisse, ela receava que a irmã entrasse naquela casa. Com as pernas trêmulas, a pequena alcançou o chão. Era como se seu corpo fosse conduzido por uma outra pessoa, mal tinha consciência de seus pés se movendo. Não se deu conta quando andou pelo escuro corredor, ou quando desceu pelos degraus da escada rangente.

– Ali está ela! – gritou Daniel.

Quatro amigos se juntaram ao pai da menina para vasculhar a casa. Embora não houvesse desaparecido há muito tempo, eles estavam perdendo as esperanças de encontrá-la na velha construção. Após procurar em vão em todos os cômodos, assistiam, chocados, à pequena criatura que, muito pálida e estranhamente fria, descia as escadas.

– Graças a Deus – disse Pedro, antes de correr em direção à filha. – Você está bem?

A menina não esboçava nenhuma reação, mantinha-se com os braços estendidos, rentes ao corpo. Seu pai se inclinou, encarando seus olhos sem vida.

– Liz? Liz, onde você estava? – perguntou ele.

Sem conseguir encontrar a própria voz, a pequena levantou a mão, apontando para a escada.

– Impossível – retorquiu Daniel. – Carlos e eu vasculhamos tudo lá em cima e não tinha nada lá, só cômodos vazios.

– Vamos sair daqui – pediu Carlos, o mais resistente a entrar no casarão.

Com exceção de Pedro, todos os outros temiam aquele lugar desde pequenos; apesar de, na adolescência, terem fingido entrar na casa, nunca nenhum deles tivera antes a coragem de ultrapassar a grade de ferro.

– Ela está tão fria – disse Pedro, que agora segurava a criança nos braços.

– Devíamos levar a menina para o dr. Gerson – sugeriu Daniel – e sair logo desse lugar.

Chorando, Tatiana esperava na rua junto aos habitantes da pequena cidade. A notícia de que sua irmã havia entrado no casarão se espalhou rapidamente. Os olhares aterrorizados de todos, junto com o murmúrio das beatas rezando o terço ao lado do padre Bento, só serviam para intensificar os medos da jovem. Segurando as mãos da mãe, sentia uma culpa esmagadora. Ela incitou e praticamente obrigou Liz a entrar naquele lugar. Não conseguia mais encarar a casa e reviver os momentos de puro pavor. Seus punhos doíam, haviam sangrado de tanto bater naquela porta que misteriosamente engoliu sua irmã mais nova. Cansada de secar as lágrimas e de ver a mesma expressão sombria em muitos rostos, ela fechou os olhos e deitou a cabeça no ombro da mãe.

Os sussurros cresceram e a menina voltou os seus olhos para a porta da velha casa. Seu pai saía com alguém nos braços. Ao ver o tênis coberto de *glitter* rosa, correu em direção a ele, precisava saber se sua irmã estava bem. Quando encontrou o olhar da caçula, Tatiana parou, em choque. Aquele não era o olhar da sua irmã; Liz era cheia de vida e parecia sempre sorrir por dentro quando a encarava. Aquele era o olhar que ela só viu uma vez na vida, o olhar em direção à gatinha de estimação, ao encontrá-la morta no jardim.

– Graças a Deus! – muitas vozes repetiam em meio à multidão.

Pedro passou por entre a aglomeração com a filha nos braços, correndo em direção ao carro. Logo sua mulher se juntava a ele. Patrícia abriu o carro e se sentou no banco de trás, Pedro colocou Liz no colo.

– Ela está bem, Pedro? – perguntou ao marido quando ele deu partida no carro.

Bastou um olhar para que o medo se apoderasse dela.

– Ela não disse uma palavra desde que a encontramos.

Patrícia encarou a filha que, apesar de estar com os olhos abertos, mal parecia notar a presença dos dois.

O clima na casa dos Ferreira não era dos melhores. Apesar do alívio em saber que Elizandra não corria nenhum perigo, a família permanecia em estado de alerta. Patrícia, Pedro, dona Margarida e seu Sebastião, pais de Patrícia, estavam à mesa da cozinha, cada um com uma xícara de café à frente, tentando assimilar as tensões do dia.

– Onde está a Tatiana? – Patrícia perguntou para a mãe.

– Nós a colocamos na cama, a pobre estava chorando muito, se sente culpada – respondeu seu Sebastião.

– Ainda não consigo entender como o médico liberou a Liz assim – questionava dona Margarida, indignada com o estado da neta, que dormia no quarto de cima. – A menina não falou nada, nada mesmo?

– Ela só gritou quando eu tentei tirar um broche da mão dela, mas se acalmou quando o médico o prendeu na sua camiseta – respondeu Patrícia.

– Ela foi medicada, dona Margarida. O médico disse que ela está sofrendo de transtorno pós-traumático – Pedro explicou. – Não adiantava nada ficar com ela no hospital. Ainda mais com todo mundo olhando para gente daquele jeito.

– Calma, querido, cidade pequena é assim mesmo...

Patrícia segurou a mão do marido. Ela sabia que seria difícil para ele, que nasceu e cresceu em uma grande metrópole como São Paulo, se acostumar a viver ali naquela cidade pequena do interior de Minas Gerais.

– Cansei de pedir para as meninas não chegarem perto daquela casa, aquele lugar é amaldiçoado – disse dona Margarida, interrompendo a conversa dos dois.

– Vocês só sabem falar sobre essa casa...

– O que aconteceu lá foi terrível – retomou dona Margarida, quase sussurrando. – Aquela mulher era louca. Eu me lembro de como sua filha, a Benvinda, vivia aterrorizada. Estudei com ela. Eu me senti muito culpada quando ela parou de ir para a escola e ninguém notou.

– Você nunca me falou sobre isso antes, mãe.

– Eu não gosto nem de lembrar. A mãe da Benvinda, ela fazia coisas terríveis. Eu era muito pequena e não entendia o que aquelas marcas pelo corpo significavam. Um dia, tiraram a menina dela no meio da noite, mas ela foi ao abrigo infantil. Matou a policial e a enfermeira que cuidavam dela e a levou para casa. A polícia foi até lá. Três homens entraram na casa e só um saiu vivo. Coisas estranhas acontecem naquele lugar desde então.

Dona Margarida tirou o lenço do cós da saia e enxugou os olhos.

– Isso é terrível – disse Pedro. – Triste. Eu lamento pela sua amiga. Coisas como esta acontecem o tempo todo em São Paulo, mas nenhuma casa é responsabilizada pelo crime. Viemos para cá para que as meninas crescessem em um lugar melhor, e não cheio de superstições.

– Não são superstições – reclamou dona Margarida.

– Nada aconteceu com a Liz – Pedro interrompeu. – Ela está bem, foi o pavor de ficar presa naquela casa que a deixou neste estado. Em alguns dias ela vai estar de novo correndo por aqui. Não quero mais ninguém enchendo a cabeça das meninas com histórias sobre aquela casa.

– Pai – murmurou Tatiana, aparecendo na porta. Ela havia ouvido a conversa e caminhado até a sala. – Eu juro que ela foi arrastada para a casa.

– Foi um dia estressante, Tatá, estamos todos cansados. Você só precisa voltar a descansar.

– Pai, algo aconteceu ali e eu não sei explicar; a casa, ela queria a Liz... E eu tenho certeza de que a Liz ainda está naquele lugar.

O tique-taque do relógio era o único som na cozinha.

– Tatiana, sua irmã está dormindo lá em cima, você me viu com ela nos braços. Você me viu quando eu a trouxe para casa.

– Não, pai, eu vi você trazendo alguém que se parece com a Liz para casa. Mas aquilo não era ela.

– Está vendo? – esbravejou Pedro, encarado dona Margarida. – Não quero mais ouvir nenhuma história sobre aquele casarão. É melhor todos irmos deitar.

– Eu não vou dormir com aquilo – choramingou Tatiana.

– Chega, vá para o seu quarto já! Sua irmã está doente e precisa de você com ela. As duas precisam entender que nada sobre essa casa é verdade! – ordenou Pedro, antes de pegar a filha Tatiana pelo braço e a levar escada acima.

Por mais que tentasse, Tatiana não conseguia fechar os olhos. Os sons da casa, antes familiares aos seus ouvidos, agora a faziam se sobressaltar ao menor rangido. Encolhida em sua cama, ela contava com a ajuda das cobertas para se proteger. Mal respirava, com medo de acordar Liz.

O brilho que vinha do peito da irmã atraiu sua atenção; ela sabia que aquilo era responsável por tudo. Apesar do medo, lentamente Tatiana saiu da cama e, esforçando-se para ser o mais silenciosa possível, foi em direção à Liz e tocou o broche. Seu coração, já acelerado, disparou quando a pequena Liz abriu os olhos.

– Liz – murmurou Tatiana.

Com um olhar frio e um sorriso que fez todos os pelos do corpo de Tatiana se arrepiarem, a pequena se sentou.

– Não!

Pedro pulou da cama assim que ouviu o grito vindo do andar superior da casa, onde ficava o quarto das meninas.

– Tatiana – disse a mulher, sentando-se na cama.

– Eu vou.

Pedro apertou a mão da mulher, antes de se retirar às pressas. Sonolento, nem se incomodou em acender a luz e subiu a escada no escuro. Assim que chegou ao corredor que levava ao quarto das filhas, sentiu uma bruma fria que se espalhava pelo lugar.

– Tatiana, Liz – chamou ele.

O silêncio agora imperava no andar superior da casa. Devagar, Pedro girou a maçaneta. As camas das meninas estavam vazias. Ele tentou acender a luz e nada aconteceu. Uma sensação ruim se espalhou por seu corpo. Pedro notou que havia alguém no chão. Ao dar um passo para dentro do cômodo, a porta bateu e ele se virou.

Pelo tamanho do vulto encostado na porta, ele soube quem era.

– Liz, bebê? – sussurrou.

– Olá, papai – a menina deu um salto, fazendo com que Pedro caísse com o impacto do pequeno corpo.

Liz parou de joelhos sobre o peito do pai. O rosto transfigurado da criança o assustou.

– Liz...

– Liz, Liz... – Uma voz grossa escapava pelos lábios da menina. – Acha mesmo que ela ainda está aqui? – A pequena se inclinou e passou a língua pela bochecha de Pedro. – Hummm, carne fresca – disse ela, antes de pegar um lápis no chão e cravá-lo no pescoço do homem.

Patrícia se levantou ao ouvir o som seco no andar de cima e correu em direção ao quarto das meninas. Ao passar pela porta do quarto dos pais, esbarrou em sua mãe, que terminava de colocar o penhoar. Ela nem se incomodou em se desculpar e subiu a escada de dois em dois degraus. Ao chegar ao quarto das filhas, encontrou a porta aberta e a luz acessa. O cômodo estava vazio e pequenas pegadas de sangue faziam uma trilha para o corredor.

Com o pulso acelerado, Patrícia voltou. A pequena Liz estava indo em direção à escada, arrastando com ela seu inseparável urso de pelúcia. Seu coração quase parou quando notou que, da roupa da filha, vertiam grossas gotas de sangue. Alheia à presença da mãe, Liz prosseguiu em direção ao primeiro degrau da escada. Patrícia soltou um soluço pesado, atraindo a atenção de Liz.

A menina lentamente se virou em direção à mãe e, fazendo um beicinho, levantou seus pequenos e frágeis braços. Foi o que bastou para que Patrícia finalmente conseguisse se ver livre do torpor e corresse em direção à filha. Assim que se aproximou, porém, a menina deu um passo para o lado, Patrícia se desequilibrou e rolou escada abaixo.

– Minha Nossa Senhora! – gritou dona Margarida, que aguardava na sala.

A velha senhora observou, em choque, sua neta saltitar pela escada, pular sorrindo os três últimos degraus, parar ao lado da mãe e abaixar-se ao lado da perna que agora tinha uma fratura exposta.

– O que você acha, vovó? Mato ela agora ou devo brincar mais um pouquinho?

A voz grossa e fria não tinha nada a ver com a de Liz e os olhos de órbitas negras que encaravam dona Margarida não eram os da criança.

Seu Sebastião escolheu este momento para sair do quarto. Ao ver sua neta ensanguentada, com a mãe caída ao lado, correu em direção às duas.

– Não! – gritou dona Margarida. – Essa não é a Liz!

Ignorando os protestos da esposa, seu Sebastião se aproximou da neta e a pegou no colo. A menina o encarou sorrindo e passou os braços finos por seu pescoço. Dona

Margarida colocou a mão sobre o peito, sentindo uma forte dor, e desabou no chão.

Perdido, seu Sebastião não sabia se corria em direção à mulher ou se dava atenção para a neta toda ensanguentada.

Do lado de fora da casa, padre Bento aguardava. Logo que assumiu a paróquia, um antigo envelope foi deixado sob seus cuidados, com a seguinte instrução: abra se a casa for violada. Depois que a menina Liz foi encontrada, ele retornou à Casa Paroquial e segurou o envelope um bom tempo antes de decidir abri-lo. Em meio ao clero sempre se ouvia histórias de um grupo ligado à Igreja que agia em casos de possessão. Padre Bento sempre foi cético quanto à existência de tais pessoas, mas ainda assim pegou o telefone e digitou o número que havia dentro do envelope. Um homem grosseiro atendeu e ele relatou o ocorrido. Antes de bater com o telefone na cara do padre, o homem só pediu o endereço da família e ordenou que o pároco voltasse à casa e esperasse por eles. Padre Bento ficou sob a sombra da árvore, ainda não acreditando. Enquanto esperava, iniciou uma oração em intenção da pobre família.

Quando ouviu os gritos de horror, ele correu em direção à casa, mas foi empurrado por três pessoas que logo arrombaram a porta.

Dois homens e uma mulher entraram na casa, assustando ainda mais seu Sebastião. O homem mais velho vinha à frente, segurando um crucifixo.

– Em nome de Deus, solte essa criança – ordenou ao homem assustado.

– Afastem-se da minha neta! – ele gritou, protegendo a criança.

– Ele tem razão – disse Liz –, você deveria me soltar.

Ela agarrou o pesado abajur que estava ao seu lado e o bateu na cabeça do velho.

– Agarre a criança, Ezequiel – gritou Marcos, o homem mais velho, para o seu filho.

O jovem pulou na direção da menina, que, engatinhando, começou a subir pela parede.

– Não fique aí parada, Catarina – gritou Ezequiel para sua parceira.

Com sua ajuda, então, ele conseguiu puxar a criança pelo pé e os dois a deitaram no chão.

– Em nome de Deus, eu ordeno que você liberte essa filha de Deus – Marcos ordenava, com o crucifixo encostado na testa da menina, que se contorcia.

– Ela é minha – gritava a entidade –, ninguém tira a minha filha de mim.

– Ela pertence a Deus – disse Marcos.

– O broche – disse Ezequiel. – Tire o broche dela!

– Não! – a entidade gritou, fazendo com que todos os móveis da casa se batessem e as janelas se abrissem.

Marcos jogou água benta antes de tocar no broche e, tão logo o objeto foi removido do peito da menina, tudo se silenciou.

Com calma, Marcos retirou do bolso um saco de tecido bordado com vários símbolos. O trio fazia parte de um grupo centenário que protegia o mundo contra as forças do mal, agindo sempre que estas manifestavam sua ira pela humanidade.

– Até que essa não foi tão difícil – Ezequiel se gabou.

– Não foi difícil? – Catarina olhou feio para o amigo. – Chegamos muito tarde desta vez. A menina matou a família toda.

– Ela não matou ninguém – Marcos a repreendeu. – Ela é a maior vítima de toda essa desgraça.

Padre Bento estava parado à porta, havia assistido a tudo e ainda não acreditava no que tinha visto.

Ezequiel pegou a pequena Liz nos braços e dirigiu-se à saída.

– Para onde você vai levar a criança? – indagou o pároco.

– Ela vem conosco – disse Marcos.

– Essa menina tem família, vocês não podem simplesmente entrar aqui e levá-la assim.

– Ela *tinha* uma família – o homem respondeu, ignorando os protestos do padre, e saiu da casa seguido por Ezequiel.

– Ela ficará bem conosco – disse Catarina ao padre. – Melhor assim. Ela vai crescer sem saber que foi usada para matar todos que amava.

Pelo olhar da moça, padre Bento desconfiou que o mesmo havia acontecido com ela. Da porta, ele viu o trio desaparecer na noite, deixando a seu cargo cuidar de todo o mal que havia acontecido ali.

A PEDRA DA CAVEIRA

— As histórias falam em centenas – disse o avô.

Ele estava sentado sobre um banco de madeira em frente à fogueira montada no quintal da chácara que, por gerações, pertencera à sua família. A jovem Rebeca o observava, com seus olhos esbugalhados refletindo o brilho contínuo das chamas amareladas. Era tarde da noite e fagulhas douradas subiam para o céu em um balançar que lembrava a pluma de uma Fênix incandescente.

– Mas talvez sejam milhares – continuou o avô claramente exagerando –, por isso se chama Pedra da Caveira.

O velho se referia naquele momento aos corpos de escravos que, no passado, haviam sido jogados na base de uma grande pedra próxima à sua propriedade e que acabaram por motivar o nome dado àquele lugar. Rebeca era sua única neta e aquelas histórias aproximavam os dois. A pequena menina de treze anos, com a pele clara e de aparência frágil, esfregou as mãozinhas em um gesto de apreensão e, mesmo amedrontada, pediu a ele que contasse mais uma vez:

– Conte de novo, vovô! Por favor, conte de novo!

O velho sorriu e continuou:

– Tudo começou há mais de cem anos, em uma noite como esta, próximo à meia-noite.

Rebeca encolheu o corpo, abraçando os joelhos em um movimento singelo de proteção.

– Os gritos começavam a surgir distantes, aproximando-se mais e mais a cada segundo. Sua tataravó, que ainda era uma menina, sabia que eles estavam chegando e tentou se esconder embaixo das velhas cobertas quadriculadas que haviam sido tecidas pelas mãos de alguns daqueles escravos que haviam morrido. Muitos deles também eram jovens quando tudo aconteceu e alguns nem mesmo sabiam falar nossa língua. Os quilombos estavam aumentando muito naquele tempo e, como a escravidão ainda não havia sido abolida, eles se escondiam na mata fechada em uma tentativa inútil de se tornar livres.

– E então – continuou ele –, à medida que eles se aproximavam, os gritos aumentavam de volume e a pequena Izabel, indefesa em seu quarto, sentia cada vez mais o medo e pavor que se repetiam em todas as noites de lua cheia.

O semblante do avô era intenso e avassalador:

– Seu coração palpitava e ela tentava gritar, mas o gemido contraído de sua voz era quase impossível de ser ouvido por quem quer que estivesse por perto. Por algum motivo, nem mesmo seus pais ou seus avós ouviam aquele barulho e por isso ninguém vinha socorrê-la.

Não havia mais ninguém no quintal da chácara àquela hora e a pequena Rebeca parecia prestes a correr para o quarto.

– Tudo era muito rápido – narrava o avô – e da mesma maneira que havia iniciado, o som desaparecia em um rastro de silêncio assustador. Mas, quando Izabel imaginava que tudo estava acabado e que o espírito daqueles que haviam sofrido enfim descansava, o som de um grande estrondo era ouvido.

– BOOM ! – gritou o homem após uma breve pausa.

Rebeca deu um salto e correu para mais perto do avô.

– Eles começavam a bater nas telhas e em toda a parte superior da casa, causando um barulho ensurdecedor – continuou o velho.

Ele agora gesticulava com os braços, como se estivesse batendo tambores tribais de guerra.

– "Socorro", diziam alguns, "Por favor, salvem nossas vidas", diziam outros. Centenas de vozes se repetiam sem parar, pedindo clemência e implorando por piedade.

Naquele momento, o coração de Rebeca também batia acelerado. Abaixando o rosto por entre os joelhos, a garota se imaginava no lugar da pobre menina, sozinha em um quarto com espíritos desesperados gritando sobre sua cabeça.

– Então – continuou o avô –, sem qualquer aviso, o som mais uma vez cessava, reduzido a um farfalhar de folhas a balançar com o vento. Nesta hora, minha avó corria para a janela e a abria com força. Sempre neste momento, uma luz brilhava no horizonte, branca como um raio de sol a refletir na areia da praia. Mas não havia praia, e não havia sol, apenas a Pedra da Caveira. Ela brilhava e então se esvaía, com os espíritos voltando para sua prisão de sofrimento e tristeza.

– No amanhecer do dia que se seguia, a tristeza de famílias que haviam perdido seus entes queridos era ouvida ao som de histórias assustadoras por todos os cantos da cidade – concluiu o velho.

Como se tivesse percebido o fim da história, a avó de Rebeca surgiu na porta da casa naquele momento, atraída pelos gritos e pela emoção da intensa narrativa. A menina, ao ver a senhora, correu até ela e abraçou-a intensamente.

– Os escravos, vovó – falava a menina apontando para o horizonte –, seus espíritos estão presos na pedra para sempre.

A velha retribuiu o abraço da neta e com um olhar repreensivo alertou o marido:

– De novo, Laurindo! Você não deveria assustar a menina com estas suas histórias antigas. Isso pode não acabar bem!

– Mas ela que me pediu, mulher! – retrucou o avô.

– Não interessa, ela é apenas uma criança, não precisa desse tipo de histórias.

O avançar da hora trazia a madrugada e a avó resolveu levar Rebeca para seu quarto. Histórias como aquela assustavam crianças desde antes de sua geração e ela esperava que a menina estivesse recuperada antes mesmo do café da manhã.

Em menos de uma hora, as luzes da propriedade já haviam se apagado e todos dormiam em seus quartos.

Todos, menos Rebeca.

Mesmo depois de ter presenciado tantas noites como aquela, em que histórias de terror eram contadas ao redor de uma fogueira, ela parecia mais impressionada do que em qualquer outro dia. A luz da lua cheia e o cenário que lembrava a história que supostamente acontecera com uma de suas ancestrais dessa vez parecia tê-la assustado além do suportável.

O som das folhas balançando à beira de sua janela era o mesmo da história e aquilo parecia uma premonição. De repente, o barulho de uma batida na janela fez seu sono partir definitivamente.

TOC.

Ouviu-se uma vez.

Galhos, besouros, o vento, quem sabe alguém com a intenção de pregar-lhe uma peça seria uma explicação possível, mas que não diminuiria em nada seu desespero.

TOC, TOC.

Talvez uma ilusão, influenciada pela noite de histórias. Precisava dormir, fechar os olhos e esperar para que tudo passasse.

TOC , TOC, TOC.

Rebeca correu em direção à entrada do quarto, olhando para o corredor que levava ao aposento de seus avós. O local estava escuro e ninguém parecia ouvir o som que tanto a amedrontava. A jovem olhou para a porta entreaberta e imaginou as palavras do avô assim que o acordasse:

– Que medo bobo – diria ele. – Não existe barulho é só sua imaginação. Desse jeito nunca mais te contarei histórias.

Não queria irritar o avô e muito menos deixar de ouvir suas histórias.

TOC, TOC, TOC.

Rebeca olhou corajosa para a janela e decidiu que não teria medo. Não era mais uma menina e sabia que nada do que ouvira era real.

Ela andou até lá e abriu a fechadura.

– Olá! – disse uma voz distante.

Por um instante, Rebeca ficou paralisada, entorpecida pelo susto que sofrera. Depois precisou procurar pelo jardim até encontrar o local de onde partira a voz. Um vulto estava estático sobre a grama. Parecia um menino e sua pele, mesmo sendo negra, brilhava à luz da lua.

– Por favor, preciso da sua ajuda – continuou o menino, estendendo-lhe a mão.

Sem entender por que, Rebeca pulou a janela e seguiu em sua direção.

***

Na manhã seguinte, quase todas as pessoas do povoado haviam saído em busca da menina. Tomados pelo desespero, muitos haviam invadido matas e descampados sem se preocupar com sua segurança e sem pensar nos perigos que ali existiam. O avô de Rebeca coordenava um dos grupos que procuravam pela mata e já não conseguia somar as horas que se empreitava naquela caminhada. Com o passar do tempo, a ausência de alternativas fez com que se lembrasse da preocupação incomum demonstrada por sua neta em relação à história que havia lhe contado no dia anterior e uma possibilidade adveio em sua mente. O semblante assustado e os comentários que a neta fizera antes de dormir o conduziram naquele momento a uma ideia absurda de onde poderia encontrá-la.

Afastando-se do grupo, ele seguiu em direção ao local onde por muitas vezes estivera no passado. Assim que cruzou a cerca, o branco reluzente da pedra ofuscou sua vista, fazendo-o relutar.

Quando voltou a ver, seus olhos lacrimejaram com a imagem da menina. Na base da pedra com mais de seis metros de altura, sentada sobre deformações rochosas que a rodeavam, Rebeca contemplava o horizonte com um olhar vazio e misterioso:

– Eu vi, vovô – disse ela assim que o velho se aproximou –, eu vi cada um deles.

Sua voz era assustadoramente calma e tranquila. Ela olhou para o rosto do avô e então continuou:

– A vida e a morte de cada um – completou. – Eles estão presos e precisam de ajuda.

– Do que você está falando, minha filha? – sussurrou o avô enquanto a abraçava.

Rebeca contou a ele sobre o pequeno garoto que encontrara na noite anterior. Seu nome era Ejaz e ele a trouxera até a pedra. Ali, durante toda a madrugada, ela havia presenciado imagens de um terror indescritível. Pessoas mutiladas, crianças cobertas de sangue, gritos e muito medo. Seu olhar estava vazio e perdido, impactado pelo medo real que vivenciara.

– Eles vão sair, vovô – continuou ela. – E vão trazer com eles todo aquele terror.

O avô continuava a abraçá-la. Sabia em seu interior que não havia como toda aquela história ser verdadeira e, pela primeira vez, ele se arrependia de contar à neta bobagens como aquela.

– Só tem uma maneira de evitar que isso aconteça – continuou Rebeca. – Eles me falaram de uma antiga caixa. Algo muito importante, capaz de libertá-los da prisão eterna à que estão condenados. Se não tiverem a caixa até a meia-noite, levarão um de nós para cada um deles que morreu nas mãos dos carrascos.

– Você está impressionada, Rebeca – disse o avô. – Nada vai acontecer com as pessoas, foi apenas um pesadelo.

– Eles me escolheram vovô – continuou a menina. – Se eu não ajudar, muitos vão pagar pela maldade que amaldiçoou estas terras.

O avô sorriu preocupado, tentando transmitir uma tranquilidade que não possuía. Então, abraçando mais uma vez a menina, seguiu em direção à sua casa.

***

Não demorou para que a história se espalhasse. A pobre neta de Laurindo havia enlouquecido, era o que diziam alguns. Uma menina linda, que havia perdido a razão, assim como sua tataravó muitos anos antes.

Durante o que restou do dia, alguns vizinhos vieram visitá-la, mais por curiosidade do que por condolência. Eles conversavam e emitiam opiniões absurdas sobre o fato, enquanto a menina passava o tempo todo em seu quarto, em um silêncio estranho e assustador.

Até que a primeira morte aconteceu.

Eram quase nove horas da noite quando uma mulher chegou gritando à casa de Laurindo. Ela estava desesperada e narrava assustadoramente o que havia visto.

Seu filho, o jovem herdeiro de uma das famílias mais antigas da cidade, havia sido encontrado sem vida, encostado em uma árvore e com o corpo branco como a neve. Suas veias saltavam na pele como fios intumescidos de sangue escuro, e seus olhos haviam sido arrancados violentamente de seu cadáver, deixando duas cavidades em sua face.

A mulher relatava ainda que o terror havia tomado conta das pessoas e muitos passavam agora a acreditar nas histórias que haviam ouvido.

A neta de Laurindo ouviu, por um vão da porta, a descrição da pessoa que esteve em sua casa, e por isso decidiu trancar-se no quarto. Tinha medo, e sabia que até o fim da noite muitos morreriam se não fizesse o que haviam lhe pedido. Seus pensamentos vagavam na imagem do jovem com os olhos arrancados quando batidas na janela, iguais às da noite anterior, voltaram a assombrá-la. O prazo não havia acabado e a presença antecipada dos espíritos em sua casa era ainda mais aterrorizante. Rebeca esperou, mas as batidas não cessavam.

Mesmo amedrontada, a jovem abriu mais uma vez a janela.

Ejaz a aguardava. Seu corpo continuava envolto por uma fina camada de névoa brilhante. Ela olhou para os lados e confirmou que não havia pessoas à vista. Pulou então a janela e parou na frente do menino:

– O mal só produz mais mal, Rebeca – disse o garoto. – Você precisa me ajudar a acabar com isso para sempre. Precisamos libertar o meu povo.

– Mas eu não sei onde procurar – disse Rebeca –, não sei do que precisam e tenho muito medo.

– Eu sei – respondeu o menino. – Eu também tenho muito medo. Quando as luzes se apagam e temos que voltar, coisas terríveis acontecem com todos os aprisionados. Um terror que não tem fim.

Rebeca olhava para o garoto que emanava tristeza em seu olhar.

– Não temos como fugir sem a sua ajuda – continuou ele. – Você é nossa única esperança.

Por toda a cidade, pessoas trancavam-se em suas casas em uma tentativa iludida de se proteger. A segunda vítima, uma jovem também filha de uma das famílias tradicionais da região, havia sido encontrada em seu quarto com a aparência similar à do primeiro corpo. A jovem estava lendo quando sua vida foi dragada sem piedade.

– Estamos pagando pelo pecado dos antigos – dizia a mãe inconsolável, às pessoas ao seu redor. – Por que fizeram isso, por quê?

Era como se a antiga história de sangue, contada entre as gerações, com toda sua carga de uma vida de maldades, fosse derramada sobre todos daquele lugar. As histórias reais de terror e medo que, por décadas, haviam sido contadas em volta das fogueiras traziam agora sua realidade mais assustadora.

Comovida, Rebeca cedera aos apelos do pequeno Ejaz e agora caminhava ao seu lado em meio à escuridão da área rural. Lágrimas escorriam de seus olhos, motivadas pelo medo que trazia em seu coração.

– Por muitas gerações a maldade prevaleceu nestas terras – disse o menino –, foram momentos de desespero para o meu povo em uma época em que a esperança nos abandonou. Homens morreram e a maioria dos quilombos foi massacrada.

Rebeca ouvia Ejaz enquanto continuavam a caminhar.

– Mas antes de tudo acabar, antes de todos serem mortos, uma antiga feiticeira do nosso povo agiu e resolveu invocar a magia negra de nossos ancestrais em uma maldição capaz de aprisionar espíritos. Ela conjurou essa maldição sobre a matéria física de um objeto e com ele produziu uma maldade incontrolável.

– Esses espíritos aprisionados – continuou o menino – foram amaldiçoados e agora são obrigados a recrutar almas a cada cinquenta anos. Para isso precisam matar pessoas e só depois é que podem viver em paz por mais um ciclo.

– O mal que atrai o mal – repetiu o pequeno Ejaz. – As pessoas que nos fizeram mal atraíram o ódio. O mal que agora os aterroriza é fruto de tudo o que aconteceu.

Rebeca assentiu com um movimento de cabeça e então o menino continuou:

– Ali! – disse ele, apontando para uma antiga sede de fazenda.

Era uma casa abandonada, uma das poucas que ainda existia na região.

– No porão daquela casa existe uma urna. Ela foi colocada ali pela feiticeira que criou esta maldição e dentro dela foi depositado o objeto do qual lhe falei. Nós não podemos entrar lá, mas você pode. O espírito da feiticeira protege a casa e vai tentar impedi-la, você precisa resistir e nos trazer o objeto. Temos que atirá-lo em um lugar puro, para acabar com o mal de uma vez por todas.

O que Rebeca não sabia era que, até aquele momento, muitos outros espíritos já haviam sido levados. Crianças, adultos, idosos, o terror realmente havia tomado conta da cidade e a esperança diminuía a cada minuto. Muitos se refugiavam na igreja matriz com suas famílias, enquanto o antigo sino tocava clamando para que os céus lhe enviassem auxílio. Mas era inútil, muitos ainda padeceriam se a menina não aceitasse ajudar.

– Há mais de cem anos eu tentei fazer com que uma de suas ancestrais nos ajudasse – completou Ejaz –, mas não consegui. Você é nossa nova esperança.

O coração de Rebeca batia acelerado. Um temor maior do que qualquer outro que já sentira na vida invadia seu corpo fazendo suas mãos suarem. Um impulso de fuga a arrebatou por um instante, mas a imagem da mulher que perdera o filho chorando à porta da casa de seus avós lhe trouxe coragem. Muitos morreriam se não ajudasse, e ela não conseguiria viver com esta culpa pela eternidade. Era muito jovem, mas sabia que sua coragem era a única esperança.

A caminhada até a casa demorou pouco mais de dez minutos. O lugar era velho, abandonado e assustador. Janelas quebradas batiam, ao som do assobio do vento, e restos de cortina balançavam para dentro e para fora sem parar. Pequenas aberturas na base das paredes eram o caminho mais rápido para o piso inferior da propriedade, e Rebeca agradeceu por não ter que entrar no casarão. A escuridão era vencida apenas pela luz da lua cheia e a fraca claridade era o que lhe permitia enxergar, mesmo com dificuldade, as coisas ao seu redor. Rebeca projetou as pernas para dentro da abertura e entrou no porão.

O lugar era ainda mais assustador do que imaginou. Ali, a pouca luz existente tinha dificuldade de chegar, e apenas alguns fachos iluminados entravam através das aberturas. Rebeca deu alguns passos e sentiu teias de aranha grudarem nos seus cabelos. Seu coração batia acelerado e um calafrio percorreu sua espinha. Um desejo intenso de abraçar as pernas e chorar só era contido pelo pensamento dedicado aos avós e a todos que pudesse salvar.

A jovem caminhou, tateando o chão em busca da arca que Ejaz havia descrito.

"Squish", ouviu à sua frente.

O som de um roedor correndo a assustou, fazendo com que fechasse os olhos e protegesse o rosto em um reflexo de pavor.

Assim que voltou a abrir os olhos, Rebeca pôde ver a caixa parada exatamente ao centro da construção. Era como um grande baú antigo, entalhado, com dobradiças de metal e desenhos estranhos. Ela tentou pegar o objeto, mas, antes que pudesse alcançá-lo, algo aconteceu.

– Ahhhhh!

Um grito assustador fez surgir à sua frente uma imagem apavorante. Era uma mulher de rosto deformado, pele apodrecida e olhos avermelhados. Sem poder reagir, Rebeca sentiu sua alma sendo dragada em um ritual medonho e apavorante. Uma tristeza sem fim tomou conta de seu corpo enquanto todos seus sentidos congelavam frente à maldade. Imagens de terror invadiam seu pensamento sem parar, inundando seu corpo de medo. Um frio intenso parecia congelá-la e sua pele começava a se tornar branca como a neve.

A menina tentava chorar, mas não conseguia. Sem poder reagir, o desejo da morte parecia, naquele momento, ser sua única libertação.

De repente, a imagem de Ejaz invadiu seu pensamento. O garoto corria contente pelo quintal de uma grande fazenda junto com sua família. Tal cena combatia o medo e por um instante a paz ocupou espaço em sua alma.

– Ejaz, venha almoçar – disse uma voz ao menino.

Rebeca olhou para o casarão de onde vinha a voz e pôde ver uma mulher branca sorrindo para eles. Ela era linda, com um semblante conhecido e um olhar de ternura sem igual.

"Parece com minha mãe", pensou a menina.

Ejaz sorriu para a mulher e subiu a escada que levava até a casa. A mulher tocou seu ombro e, ainda sorrindo, transmitiu a ele um carinho e uma ternura que só poderia existir em alguém muito especial.

Naquele instante Rebeca entendeu. Eram seus ancestrais. Em meio à maldade, ao medo e à indiferença, em um tempo de escravidão e impunidade, sua família havia acolhido e respeitado as pessoas e a vida. Diferentes da maioria, haviam trazido o bem onde o mal reinava soberano.

Rebeca abriu os olhos. De alguma maneira, aquela imagem de esperança havia afugentado a bruxa e aberto o caminho para que pudesse prosseguir.

À sua frente, a urna agora aberta, revelava um par de correntes de ferro idênticas àquelas utilizadas em troncos de tortura. Rebeca pegou os dois objetos e, carregando-os junto ao peito, voltou ao encontro de Ejaz.

O caminho de volta à pedra da caveira levou uma hora. Assim que chegou, Rebeca pôde ver centenas de escravos que a esperavam sobre o brilho alvo de sua grande prisão. Ela sorriu, e muitos dentre eles retribuíram seu sorriso com alegria e esperança.

Alguns metros abaixo, um riacho se desenhava na paisagem com suas águas velozes e transparentes. Ejaz indicou que caminhassem naquela direção, para que pudessem por fim a todo aquele sofrimento.

"Um lugar puro", pensou a jovem.

Assim que chegaram às margens do rio, Rebeca atirou as correntes na água. O metal invadiu a superfície transparente das águas, acomodando-se sobre as pequenas pedras ao fundo.

Era o fim!

Enquanto as almas subiam em direção ao céu, as correntes se dissolviam, no fundo do riacho, em pequenos fragmentos de um metal alaranjado. Rebeca olhou para seu novo amigo e pôde ver um sorriso agradecido em seu rosto.

Foi sua despedida, antes que ele, assim como os outros, desaparecesse.

Desta vez para sempre!

TORMENTO

– Eu volto antes do jantar. Precisa de mais alguma coisa?

– O quê?

– Mari, acorde! Está desligada aí olhando para o nada e nem tomou seu café da manhã.

Pedro sorriu para ela.

– Eu estava distraída – respondeu ela.

– Que novidade! Pensando em mim?

– Não, tentando não pensar.

– Você está bem, querida? Fico inseguro de deixá-la sozinha, são suas primeiras férias desde... o ano passado. Quer ir comigo para cidade?

– Claro que não, pode ir tranquilo. Tenho muito trabalho a fazer depois que sua irmã foi embora com aqueles danadinhos.

– Isso é verdade, a casa está virada do avesso.

Pedro deu um beijo na esposa e saiu com o carro levantando poeira em direção à cidade. Mariana e ele viviam no sítio desde que se casaram, havia cinco anos. O casal havia crescido nas redondezas e amava a vida no campo. Trabalhavam na cidade, aproximadamente a quinze quilômetros dali. Ele como eletricista autônomo e ela como farmacêutica do posto de saúde da pequena cidade do interior de Minas Gerais.

Amante da literatura e do violão, Mariana sempre foi uma jovem alegre e divertida que gostava de estar rodeada de amigos. Era querida por todos que a conheciam, por sua paixão pela vida. Contudo, no ano anterior, havia mudado drasticamente, pois perdera seus pais e conhecera uma dor que não imaginava existir. Desde então oscilava em momentos de revolta, tristeza e tentativa de continuar vivendo. Os amigos estavam sempre por perto, mas Mariana aposentara o violão e parecia uma sombra da jovem alegre que fora um dia.

Depois de lavar a louça do café, Mariana dirigiu-se ao pátio de terra batida para lavar a roupa e cuidar dos afazeres do sítio que herdara dos avós paternos. Era um grande terreno cercado de árvores densas que abrigava alguns animais como galinhas e cavalos.

Na área próxima da porta da cozinha se erguiam taquaras que sustentavam os varais coloridos. Depois do almoço, Mariana recolheu os panos de prato e toalhas de mesa e dedicou-se à tarefa de estender as roupas de cama que havia lavado. Havia muitas, uma vez que seus cunhados e sobrinhos de São Paulo haviam passado uma semana com eles no sítio. Ela riu ao lembrar-se da alegria das crianças correndo pela propriedade de dez mil quilômetros quadrados. Ali eles tinham liberdade para brincar entre a casa, o celeiro, o galinheiro e o pomar. Só não tinham permissão de atravessar a cerca nem ultrapassar o bosque de mata fechada no fundo do sítio. Acostumados a viver em apartamento na grande metrópole, os meninos de seis e dez anos se esbaldavam no campo, andando a cavalo, subindo em árvores, comendo frutas no pé, sujando-se de barro.

Durante os sete dias que estiveram no sítio, Gabriel e Rafael tiveram a companhia inseparável de Átila e Pégasus, adoráveis vira-latas que dormiam na cozinha e passavam o dia acompanhando os ocupantes do sítio. Os animais tinham sido encontrados há pouco mais de um ano na estrada a caminho da cidade. Pedro e Mariana cuidaram deles que, desde então, se tornaram parte da família.

O lugar preferido dos meninos era o celeiro, uma construção de madeira com treze baias e grande espaço para o feno. Duas baias haviam se incendiado no último outono, sem maiores explicações. Pedro dizia que havia sido um curto circuito na fiação antiga, mas Mariana sentia arrepios ao entrar ali sozinha. Os rastros do fogo ainda estavam por lá e o único alívio era saber que nenhum dos poucos animais se ferira. Os adultos pediam para que os meninos não entrassem no celeiro sozinhos, por causa dos animais e das ferramentas que ficavam lá, mas Mariana percebia que eles faziam de tudo para convencer o pai a levá-los ao celeiro todos os dias.

Sempre acompanhada de seus cães, Mariana passou a tarde limpando a casa: varreu e passou pano nos três quartos do andar superior e na grande sala do andar inferior. Passou pano na cristaleira de vidro azulado que continha as louças que ganhara de presente de casamento. Lavou os dois banheiros e guardou os colchões, travesseiros e edredons usados pelos familiares.

No fim da tarde, Mariana separava a carne que faria para o jantar e foi atraída para a grande janela da cozinha por onde entrava um vento forte. No mês de junho fazia frio no sítio, mas dificilmente chovia. O sol brilhara o dia todo e nenhuma nuvem no céu denunciara a vinda de chuva. No entanto agora o vento parecia trazer nuvens carregadas para cima da casa.

Mariana ficou apreensiva, parecia o prelúdio de uma

chuva forte. Ela odiava temporais. Os pais perderam a vida em meio a um deles. Voltavam de uma consulta médica quando foram engolidos pela tempestade. Com o pai adoentado, naquele dia eles precisaram de um motorista. Ele perdeu o controle da direção e o casal encontrou a morte numa curva sinuosa da estrada, onde hoje jaziam duas cruzes brancas em memória deles. O motorista sobreviveu, mas Mariana não pode perdoá-lo. A dor ainda a consumia.

Ela via o vento balançando as roupas do varal. Precisava retirá-las antes que caísse toda aquela água que se anunciava sob as pesadas nuvens. Chamou por Átila e Pégasus que há pouco estavam na cozinha com ela, mas eles não atenderam. Colocou a capa de chuva e a bota de borracha e correu para o quintal. O vento uivava, mas ela tentava se concentrar na missão de recolher a roupa de cama. Fazia a tarefa com dificuldade. O céu escurecia rapidamente enquanto pingos grossos começavam a cair sobre ela.

A chuva iminente caiu, não de forma crescente, mas violentamente, como um castigo. A simples tarefa de retirar o pregador de roupas e puxar o tecido exigia grande esforço. O vento fazia a água da chuva cortar seu rosto. Raios e trovões fizeram Mariana desistir de recolher o restante da roupa e correr para casa.

– Átila! Pégasus!

Mariana precisava de seus cães perto dela para sentir-se segura. Ela entrou na casa, tirou a capa de chuva, jogando-a sobre a pia da cozinha, mas não se preocupou com as botas de borracha, deixando um rastro de água por onde passava. Andava pelo sobrado gritando por eles que não atenderam aos seus gritos. Infelizmente constatou que seus companheiros não estavam ali. Isso nunca havia acontecido, eles não se afastavam sozinhos. Somente se alguém os tivesse chamado. Mariana tremeu e afastou esse pensamento, não havia ninguém no sítio além dela. Onde estariam seus companheiros? Só poderiam estar ilhados naquela tempestade, abrigados em outra parte do sítio.

Ela pegou a capa de chuva e uma lanterna e saiu em busca dos companheiros. Abriu a porta da cozinha e recebeu uma rajada de vento forte acompanhado de chuva. Buscou coragem e enfrentou a tempestade. Segurava o capuz da capa com dificuldade e chamava os animais pelo pátio. Em resposta, ouvia o ruído sinistro do vento. Um raio cortou o céu e logo depois o trovão a fez estremecer. Então ela ouviu latidos vindos de longe, olhou para todos os lados e percebeu que vinham da direção do celeiro.

O vento e a chuva batiam nos olhos e ela não enxergava mais que um palmo à sua frente. Cada passo era um desafio e ela não se lembrava de uma chuva como aquela. Gastou o dobro do tempo costumeiro para chegar ao celeiro.

Chegando ao galpão, sacudiu os ombros, como se pudesse afastar toda água e lama que carregava. Tirou o capuz, quase aliviada por estar abrigada. Mas aquele lugar não lhe oferecia segurança. O espaço estava escuro e o odor dos animais parecia mais forte. Apontava a lanterna com as mãos trêmulas para o interior. Não gostava dessa parte do sítio nem durante o dia, quanto mais anoitecendo e com tempestade. O feixe de luz deixava o cenário aterrorizante. Devagar, passou a caminhar ao lado do monte de feno. Era fácil alguém se esconder ali. Ela sentiu-se como num filme de terror e o medo tomou conta dela. Ouviu os latidos de seus companheiros no fundo do celeiro e lembrou-se de que precisava levá-los para casa.

Passando pelo feno e pelas caixas de madeira, a lanterna focalizou as ferramentas de trabalho penduradas. A tempestade fazia com que os objetos balançassem ameaçadoramente. Um trovão pareceu fazer a terra tremer e a foice caiu ao lado de seus pés. Mariana gritou, recuou dois passos e deixou cair a lanterna. Ela estava apavorada. Queria voltar para casa, mas os latidos altos a incentivaram a continuar. Na completa escuridão e com o coração acelerado, ela tateava o chão à procura da lanterna. Inesperadamente um clarão iluminou o fundo do celeiro, em uma das baias que se incendiara no ano anterior. Mariana estranhou e andou com cuidado até lá. Um lampião se encontrava em meio aos rastros escuros do fogo e sua lanterna repousava ao lado dele. Ela podia jurar que sentia cheiro de fumaça mesmo sem haver fogo. Com uma coragem que estava longe de sentir, Mariana abriu a baia e correu para pegar sua lanterna. Não ousaria tocar aquele lampião desconhecido. Ao virar de costas, a baia voltou ao breu.

Assustada, Mariana tentava não pensar nos espíritos malignos que, segundo seu avô, perambulavam por lá. Ele dizia que o mal existia na mesma proporção do bem e que os espíritos das trevas podiam fazer atrocidades com quem desse a eles uma oportunidade. Ela tinha um passado obscuro e sabia que um dia seria punida, mas não esperava que fosse naquela noite!

Com o auxílio da lanterna, ela andava pelo corredor das baias e parecia ouvir os cães ao lado do celeiro. Eles teriam dado a volta no meio do temporal? A lanterna iluminou as baias que abrigavam os cavalos. Eles estavam agitados além do normal. Zeus, seu cavalo favorito, batia os cascos e relinchava alto. Algo estava errado, ela nunca havia o visto assim.

– Calma Zeus, estou aqui. Também estou assustada. Átila e Pégasus estão brincando comigo de esconder e não estou gostando. Espero que não haja mais ninguém por aqui, muito menos espíritos de assassinos ou suicidas das histórias do vovô.

Parecia que algo o perturbava muito, pois nem a voz de Mariana pareceu surtir efeito em acalmá-lo. Ela chegou perto dele, sempre conversando no tom que costumava usar e abriu a porta da baia. Inesperadamente ele avançou sobre ela e a derrubou. Sem acreditar no que presenciava, Mariana o viu galopar em direção à entrada do celeiro, derrubando parte da estrutura do depósito dos fenos.

Assustada, Mariana engatinhou à procura da lanterna, mas desistiu de procurá-la quando ouviu um ganido seguido de outro. Seus cães estavam na direção da entrada! Houve um barulho ensurdecedor de madeira rangendo e os outros animais passaram a se debater tentando se libertar. Pareciam atormentados. Queriam correr de algo que ela não podia ver.

O chão tremia. O vento havia arrancado algumas telhas e investia contra o telhado. A violência dos animais fez toda a estrutura balançar de forma instável. Mariana percebeu que o celeiro podia desabar e correu em direção à saída.

Em meio à tempestade, a cena que encontrou a deixou aterrorizada: Átila e Pégasus estavam caídos no meio do pátio, com Zeus ao lado deles. Ela se ajoelhou sobre a terra, ao lado de seus cães, não acreditando no que via. Os olhos deles não tinham vida e seus pescoços pareciam quebrados. Os amados companheiros pareciam ter sido destroncados como frangos no abate! Mariana pegou Pégasus em seus braços, chorando. Sentia seu corpo ainda quente. Não! Não podia ser! O que estava acontecendo? Ela vivia um pesadelo!

Zeus andava em círculos em volta dela, agitado. De repente, um barulho assustador ecoou no celeiro. Mariana se encolheu de medo. Algo muito macabro estava acontecendo ali. Zeus relinchou e avançou sobre ela, que recuou. Suas patas caíram pesadamente sobre o corpo do pobre Pégasus que foi dilacerado.

Apavorada, Mariana correu em direção à casa. Zeus a seguia como um cavalo selvagem. As botas de borracha eram inimigas piores que o vento cortante. Ela sentia que o animal a alcançaria e colocou todas as suas forças na corrida por sua vida. Pulou os degraus da varanda e abriu a porta, fechando-a em seguida. Sabia que Zeus poderia derrubá-la, mas tentava segurar sua proteção com toda força. O cavalo chegou na entrada da varanda, relinchou alto e pareceu levar um choque. Sem que Mariana pudesse ver, o corpo do cavalo estremeceu e caiu pesadamente sem vida nos degraus.

Ao perceber o silêncio, Mariana abriu a pequena janela da porta e viu o animal caído, com a cabeça pendendo nos degraus da varanda. Era uma cena perturbadora: os mais de quatrocentos quilos de fúria que há pouco a atacaram agora jaziam inertes. O que estava acontecendo? Ela precisava sair daquele inferno! Precisava da chave do carro.

Correu até a cozinha, acendeu as luzes e passou os olhos explorando os lugares onde costumavam deixar as chaves do carro. Há tempos o antigo Chevette não saía da garagem. Onde estariam suas chaves? Procurava desesperadamente em todas as gavetas da cozinha. Desistiu e foi para o quarto em busca da caixa onde Pedro guardava os documentos e chaves reserva. Tinha que estar lá! Sem preocupar-se com o rastro de bagunça que deixava, ela chegou à caixa e encontrou as chaves. O alívio durou pouco, pois as luzes começaram a piscar em meio às trovoadas. Mariana correu em direção à saída, mas a água empoçada na sala a fez escorregar e chocar-se contra a cristaleira, que espatifou-se, lançando cacos de vidro para todo lado.

Por um minuto Mariana não se moveu. Sabia que precisava se levantar. Mas seu tornozelo doía, deveria estar torcido. Com cuidado, passou a se arrastar para fora da sala, mesmo em meio aos cacos de vidro. Não teria como sair dali sem se cortar. Suas mãos se feriam enquanto se arrastava e, ao se ajoelhar, alguns cacos perfuraram sua calça por baixo da capa. Equilibrando-se, ela se levantou sentindo uma vertigem. A testa latejava e sangue escorria por sua fronte.

Um raio clareou a sala e as luzes se apagaram de vez. Mancando, Mariana conseguiu chegar à cozinha e, tendo a mesa como apoio, conseguiu se sentar. Encontrou a pilha de panos de prato sob suas mãos e pegou alguns. Caminhou com dificuldade até a pia, tateando. Deixou a água escorrer nas mãos feridas, depois jogou no rosto. Usou os panos de prato para estancar o sangue de sua fronte. Parecia ter aberto um grande corte na sobrancelha direita. Amarrou o maior tecido na cabeça e, enquanto enrolava as mãos, saía em direção ao carro.

Em meio à tempestade, Mariana caminhou com dificuldade até o carro. Entrou, ligou os faróis, mas não pôde sair. Ela nunca conseguia ligar sozinha aquele maldito carro! Pedro conhecia seus macetes e ela tentava lembrar. Estava toda molhada e a capa não ajudava em nada. Retirá-la pareceu uma eternidade e as dores foram inevitáveis. Jogando a capa no banco ao lado, Mariana se concentrou em reforçar o tecido na testa. Sua respiração ofegante embaçara os vidros deixando o cenário aterrorizante. Passou as mãos enfaixadas no para-brisa e o que viu a deixou paralisada por um instante.

Algo muito estranho saía do celeiro. Era muito mais que um rodamoinho, parecia um tornado de poeira escura, em formato fantasmagórico. Uma nuvem negra que se movia rapidamente em círculos, jogando longe tudo que encontrava pela frente. O pior era o som que ela emitia, um grito agourento como se fosse o próprio mal. Ele fazia o celeiro ceder e parecia engolir cada parte: o telhado, as tábuas de madeira, o feno, as ferramentas. Tudo desmoronava e passava pelo tornado da nuvem diabólica.

Ao conseguir voltar a respirar, Mariana afundou o pé na embreagem, girando a chave, conseguindo, enfim, ligar o carro. Acelerou o máximo que pôde e passou violentamente pela frágil porteira sem se preocupar em abri-la. Sentiu a força da colisão, mas se empenhou em não perder o controle da direção enquanto ganhava novamente velocidade. Toda aquela água no para-brisa deixava sua visão turva e ela sentia medo. Sentia as costas molhadas de suor, os cabelos grudados em sua nuca e a boca ressecada. Mas parar não era uma opção, ela precisava fugir.

Árvores de pequeno porte eram arrancadas do solo pela ventania, galhos batiam nos vidros e ela tentava desviar, fazendo o carro oscilar perigosamente de um lado para o outro. O grito da nuvem do mal parecia mais nítido, ela podia ouvir os gritos desesperados de seus pais caindo no abismo. Ela gritava de pavor. Os faróis piscaram e houve um estrondo. Uma árvore colidiu com o carro. Mariana bateu a cabeça no volante, passou a mão na testa e sentiu o sangue escorrer pelos vãos dos seus dedos. O ferimento na sobrancelha voltava a sangrar sob o tecido.

Desceu do carro cambaleando. Escorregou duas vezes até conseguir se equilibrar apoiando-se no carro, firmando as botas de borracha na lama. Sem se preocupar em pegar a capa, ela enfrentava a tempestade somente com a fina roupa do corpo. Ensaiou alguns passos na estrada quase sem enxergar devido à chuva e ao vento, tendo como iluminação somente os faróis do carro deixado para trás. Havia galhos de árvores retorcidos por todo lado. Ela sabia que precisava fugir, encontrar um lugar seguro. Com as mãos feridas ia abrindo caminho, sentindo-se desamparada. Cambaleando, ela fugia.

O ruído da nuvem negra se aproximava, ela precisava correr. Com a vista turva de sangue ela mal conseguia enxergar, mas tentou apertar o passo. Deu alguns passos e caiu. A nuvem vinha em sua direção. Ela estava apavorada. A manifestação do mal armava-se à sua volta, encarando-a vitoriosa, pronta para engoli-la. Arrastando-se no chão, ela tentava inutilmente se afastar de costas, sentindo a lama entre seus dedos e sob seu corpo.

De repente, suas costas tocaram algo sólido. Eram as cruzes em memória de seus pais. Como poderia já estar naquela curva da estrada? Deveria ser seu destino morrer ali. Mariana estava acuada entre o pesadelo à sua frente e outro nas costas. Não tinha como fugir. O grito agourento da nuvem negra se misturava aos berros de seus pais e ela fechou os olhos. Mariana foi tragada pelo mal.

No turbilhão entre vento, folhas, galhos e gritos, rostos desfigurados apareceram. Seu pai com o pescoço quebrado, caído de lado, andava na sua direção como um morto-vivo dos filmes de terror. Sua mãe tinha o rosto desfigurado, metade dos cabelos arrancados, com o couro cabeludo pendendo, cortes profundos se abriam da testa até o queixo. Sangue era visto através da carne exposta e ela, com o braço estendido, oferecia um olho para a filha.

Mariana gritava. Puxava os cabelos em desespero. Ajoelhou-se perante os pais e cravou as unhas na cabeça, sem se importar com os ferimentos. Precisava morrer. Ou já estava morta? Ela merecia o inferno. Sabia disso. Mas como conviver com tudo aquilo eternamente? Era demais para ela. Não ia suportar. Lembrou-se de Deus. E pediu misericórdia, aos prantos.

Pedro apareceu em meio à ventania. Seus pais haviam desaparecido.

– Mariana! Mariana! Volte para mim! – ele implorava desesperado.

– Eu não posso! Tentei fugir, mas não consegui, a tempestade me pegou e essa nuvem amaldiçoada...

– Não! Preste atenção. Você pode sair daí se parar de se martirizar dessa forma. Precisa se perdoar, meu amor.

Pedro gritava para ser ouvido em meio ao redemoinho e chegava perto dela.

– Como posso me perdoar se tirei a vida dos meus pais?

– Você não teve culpa. Estava uma tempestade horrível! O carro derrapou e caiu no penhasco. Foi um milagre você ter sobrevivido.

– Preferia ter morrido!

– Não fale assim, você ainda não cumpriu sua missão.

– Vivo num pesadelo, Pedro!

– Escute-me, Mariana. Seus pais não ficarão em paz se não se perdoar.

– Não consigo.

– Consegue. Deus não a condena, mas deseja que você liberte seus pais. Você precisa ter forças, Mari! Está dando oportunidade para os espíritos malignos rondarem sua vida, seu avô já havia lhe explicado.

– Mas o que tenho que fazer?

– Perdoar-se, voltar a viver e deixar seus pais em paz.

– Eu quero ficar em paz! Quero sair desse tormento!

Mariana sentiu um sopro gelado. Repentinamente, Pedro desapareceu. O mundo pareceu parar por um tempo.

Aos poucos Mariana sentiu as batidas de seu coração e sua respiração ofegante. Devagar abriu os olhos e percebeu que o cenário era muito diferente do que havia visto há pouco. O céu sem nuvens estava alaranjado, indicando o fim da tarde. A vegetação da estrada continuava verde e cheia de vida, apesar do inverno. Seu carro estava intacto, estacionado no acostamento. E ela estava deitada ao lado das cruzes brancas e limpas, em memória de seus pais.

Sentou-se e fez uma oração. Em meio às lágrimas, pediu perdão aos pais e desejou que eles ficassem em paz ao lado de sua irmã, que falecera ao nascer há muitos anos. Ela prometeu que buscaria a paz também.

Não sabia ao certo quanto tempo ficara ali, mas Pedro já deveria estar voltando. Ele não ficaria feliz ao saber que estivera naquele lugar sozinha. Mal sabia ele que ela não tinha o privilégio de viver pesadelos somente onde os pais perderam a vida, o tormento a acompanhava de perto.

Mariana levantou-se feliz por poder caminhar sem tempestade ou nuvem negra. Antes de entrar no carro, ela se deteve com a mão na maçaneta. Olhando o vidro, constatou horrorizada que sua sobrancelha direita sangrava...

EM MÁ COMPANHIA

Eu nunca me esquecerei daquela noite. É talvez o grande mistério da minha vida com o qual convivo há mais de quinze anos. Nenhum terapeuta conseguiu me esclarecer e duvido que qualquer um o faça.

Naquele tempo, eu era universitária e estudava a trezentos quilômetros de distância da minha terra natal. Cursava Farmácia em Araraquara, uma pacata cidade do interior paulista. Dividia o quarto e a vida com a mineira Natasha, que havia conhecido por meio de amigos em comum. Ela era extrovertida, atleta e vaidosa, alguém com quem eu poderia contar para qualquer situação. Estávamos as duas longe de casa, dos namorados, e buscando fazer a diferença com nossos estudos. Gostávamos de ter a casa sempre repleta de amigos da faculdade ou do prédio, estudando, fazendo refeições coletivas ou conversando até de madrugada. Também partilhávamos a paixão pelos livros, pelo violão e pelo chocolate. Como filha única, Natasha passou a ser como uma irmã para mim.

Visitava meus pais a cada quinze dias para amenizar a saudade e utilizava os descontos para estudantes. Chegava à cidade universitária às duas horas da manhã de segunda-feira como forma de aproveitar ao máximo o fim de semana em família.

Às vezes eu lia durante as viagens, mas visto que o ônibus estava atrativamente silencioso e as curvas não favoreciam a leitura, o melhor era mesmo dormir. Retirei meu *kit* de sono da mochila: um travesseiro e um cobertor que levava sempre nessas viagens, e me preparei para embarcar no mundo dos sonhos. Naquela noite chovia a cântaros e a viagem demoraria mais que o normal.

Depois de quatro horas de sono agitado, acordei com a sensação desagradável de ter saído de um pesadelo. Ao avistar o prédio de uma famosa churrascaria, constatei que estávamos nos limites da minha cidade de destino e passei a dobrar meus pertences. Liguei para o táxi que costumava me atender quinzenalmente, mas ele parecia estar fora de área. Tentei a segunda opção, mas ninguém atendeu às quatro tentativas. A perspectiva de chegar na rodoviária àquela hora, sem um transporte certo me esperando, era uma ideia desconfortante e, por um instante, fiquei assustada.

O ônibus parou na plataforma costumeira sem desligar o motor nem acender as luzes. Coloquei a manta e o travesseiro na mochila, levantei e andei pelas poltronas repletas de passageiros adormecidos. Ao passar pelo motorista, indiquei que havia mala no bagageiro e ele prontamente levantou, me acompanhando.

Deixei o conforto do ônibus e senti na pele a mudança de temperatura. Fazia frio e o ar estava mais úmido do que de costume. Com a mochila nas costas e as mãos no bolso da jaqueta, esperei o motorista pegar minha mala e conferir a etiqueta de comprovante. Fui a única a descer na cidade e, ao ver o ônibus se afastar, percebi que, exceto por dois sujeitos que estavam em outra plataforma, eu estava sozinha naquela área da rodoviária, distante da cidade. Tentei afastar os pensamentos assustadores que povoaram minha mente, como cenas de filme de terror.

Cruzando os braços como forma de proteção contra o frio e os pensamentos sombrios, me dirigi à área de estacionamento do desembarque para conseguir um taxi. Não imaginava encontrar o lugar deserto. Olhei para os lados e poucos carros estavam parados longe. Fechei os olhos, almejando a segurança do meu quarto.

Um carro grande, antigo e com vidros escuros se aproximou. Mesmo com o sinal luminoso sinalizando o veículo como táxi ele não oferecia segurança. O motorista, um homem de meia-idade, abaixou o vidro e perguntou se eu precisava de táxi. Temerosa, não respondi imediatamente, mas ele saiu do carro, abriu o porta-malas e sorriu gentilmente sob a chuva. Vendo que minhas opções eram permanecer ali sozinha ou ir com ele, decidi pela segunda alternativa.

– Preciso sim, senhor.

Dei minha mala a ele e entrei no carro. Senti o cheiro forte de cigarro.

– Vocês vão para onde? – ele perguntou assim que fechou a porta.

Não percebi de imediato que ele perguntara no plural.

– Para o Edifício Mario de Andrade, em frente à Universidade.

– Tudo bem. Sempre chegam a essa hora?

– Às vezes... – respondi vagamente, sem incentivar a conversa.

Depois de poucos metros, estava arrependida de ter entrado no carro. Pensei em pedir para ele me deixar no ponto de ônibus, mesmo sabendo que o primeiro só passaria às cinco. Onde eu estava com a cabeça ao entrar de madrugada no táxi de vidros escuros de um desconhecido? Olhei para o motorista pelo retrovisor, ele não sorria. Comecei a me lembrar das reportagens de jornais sensacionalistas, que reconstituíam as cenas de crimes, e frequentemente mostravam o destino de jovens abusadas, assassinadas e depois encontradas em algum matagal. Um caso se destacou nitidamente em minha mente: uma universitária pegou carona ao sair de uma festa e foi encontrada dois dias depois sem roupas com o rosto desfigurado dentro do porta-malas de um carro roubado. Tive medo. Ele poderia ser um traficante, estuprador, maníaco, assassino! Como iria me defender se ele me atacasse? Peguei o celular e digitei o número da polícia, só era necessário apertar um botão para completar a ligação.

Pensava em como rolar pelo chão se abrisse a porta quando o motorista sintonizou em uma estação de música popular brasileira. Lembrei-me do meu pai. Um bandido não ouviria as mesmas músicas que meu pai. Ou ouviria? O trajeto pareceu durar uma eternidade, enquanto eu segurava fortemente o celular em minhas mãos suadas e vigiava as expressões do motorista pelo retrovisor.

Chegando ao prédio antigo onde residia, paguei e desci do táxi arrastando minha mala, agradecendo mentalmente por chegar a um lugar seguro. O pequeno trecho entre a calçada e a entrada do edifício foi suficiente para me molhar devido à chuva forte. O portão foi aberto e entrei apressada. Apesar do *hall* local estar seco, não pareceu em nada acolhedor, o silêncio era incômodo. Tirei a jaqueta e torci meus cabelos, desejando um banho quente e meu pijama. Não precisei esperar pelo elevador, que já me aguardava no térreo. Empurrei minha mala para dentro do cubículo e cruzei a porta. Imediatamente um calafrio percorreu minha espinha, fazendo com que a insegurança voltasse a tomar conta de mim.

O elevador era lento e o caminho até o meu destino parecia durar uma eternidade. Achei que era um grande azar morar no décimo segundo andar. Olhei para o espelho manchado e desgastado pelo tempo. Tive a impressão de ver dois reflexos de mim mesma. Fechei os olhos, balancei a cabeça e olhei novamente com atenção. Vi o elevador refletido, com sua porta de madeira antiga, mas não pude ver meu reflexo. Aquilo era impossível! Arregalei os olhos com o coração disparado e toquei a superfície fria do espelho. Podia senti-lo, mas ele não me retratava. Pensei que minha mente deveria estar me pregando uma peça. Piscava e olhava novamente, sem sucesso. Minha respiração ficou ofegante e o medo tomou conta de mim.

Então o espelho começou a embaçar, como se eu estivesse numa sauna. Era assustador ver aos poucos as imagens perdendo o foco, sem motivo aparente. Recuei até sentir minhas costas na porta do elevador. Ele parou abruptamente e eu quase me desequilibrei, segurando nas paredes. Virei de frente para a porta e empurrei para sair, mas ela não se moveu. As luzes piscaram duas vezes antes da completa escuridão. O medo aumentou, quase não respirava. Algo chamou minha atenção: o botão com luz vermelha, que rapidamente apertei. "Ajude-me, por favor!" Insistia apertando o botão de emergência, mas nada aconteceu. Para meu completo pavor, uma mão tocou a minha sobre o botão! Recuei e gritei. Tinha certeza de que alguém respirava ao meu lado e estava apavorada! Gritava a plenos pulmões. Ouvi o barulho das correntes do maquinário antigo, o elevador voltou a funcionar. Olhei para o painel de botões e, lentamente, cada número se acendeu, como se tocado por alguém. O pavor tomou conta de mim e passei a esmurrar a porta desesperadamente. Um instante depois ela se abriu e caí no piso frio do meu andar. Não sabia como o elevador tinha parado exatamente ali, uma vez que todos os botões estavam selecionados.

Assim que a porta se fechou, o elevador despencou no fosso antigo, deixando para trás o barulho ensurdecedor e o cheiro de queimado. Com o coração disparado, me levantei e encarei o corredor escuro. Estava a poucos passos da segurança de meu apartamento mas assustada demais com o que acabara de passar. Eu poderia estar morta! E quem estava dentro daquele elevador? Toquei o interruptor e acendi a luz. Continuava sozinha. Como ninguém ouvia todo aquele barulho? Eu sabia que não tinha tirado minha mala do elevador, porém, surpresa, percebi que ela estava do meu lado. Tudo parecia irreal, eu precisava encontrar alguém logo!

Havia sete pequenos apartamentos de cada lado do corredor onde viviam estudantes que vinham de outras cidades em busca de uma oportunidade de cursar a universidade. Desejei não morar no último apartamento do corredor e passei a caminhar rapidamente. O silêncio era quebrado apenas pelo ruído das rodinhas antigas da minha mala.

Como se estivesse em um pesadelo, ouvi a porta de emergência ranger e passos virem em minha direção. Não tive coragem de olhar para trás. Tomada de pânico, corri até a última porta. Soltei a alça da mala sem me preocupar com a queda e o baque surdo no chão.

Apavorada, passei a procurar as chaves na mochila. Eu tateava os bolsos em meio à carteira, moedas, celular, batons e papéis diversos. Não sabia por que andava com tudo aquilo. Sentia que o molho estava ali, mas ele não vinha para minhas mãos! Decidi jogar tudo no chão, então ouvi o tilintar do que procurava. Sem me preocupar em recolher meus pertences, peguei as chaves e tentei, com as mãos trêmulas, abrir a porta. Era inútil, meu medo era tamanho que não conseguia acertar os movimentos. Passei a apertar a campainha repetidamente. De repente, as luzes do corredor se apagaram e, como em um filme de terror, senti que algo terrível estava para acontecer.

O coração disparado palpitava no meu peito e o ar parecia ter se esvaído dos meus pulmões. O pior aconteceu: ouvi uma voz feminina sussurrando meu nome no corredor. Não contive o grito de horror!

A porta se abriu e eu quase desfaleci nos braços de Natasha.

– Graças a Deus!

– Calma, parece que você viu um fantasma!

Fechei a porta com força, girando a chave diversas vezes. Encostei a cabeça na porta e tentei me acalmar, estava em casa e tinha companhia.

– O que aconteceu? – ela me perguntou.

– Ti-nha-al-guém-no-corre-doooor...

– Calma, vamos pegar suas coisas.

– Não – eu chorava –, tem alguma coisa muito errada lá fora!

– Certo, venha sentar no sofá. Explique-me direito o que aconteceu enquanto pego uma água com açúcar.

– Tinha alguém no elevador e no corredor! E ficou tudo escuro, alguém me chamou! – eu explicava aos prantos.

– Calma, calma, você veio dormindo na viagem, vai ver que nem estava muito acordada. Tome a água.

– Eu estava acordada e sei o que senti ali fora!

– Certo, me conte tudo desde o começo.

Narrei os eventos perturbadores que ocorreram desde que chegara à cidade, fazendo algumas pausas para tomar água com açúcar e assoar o nariz.

– Calma, calma, amiga, tudo já passou. Foi um pesadelo, tenho certeza.

– Não sei...

– Você ainda está lendo aquele livro que iniciou na semana passada?

– Sim, o que tem ele?

– Amiga, você é impressionável e não deveria ler livros de terror. Até hoje você vê o homem do Pânico e assistiu o filme há quase dez anos!

– É diferente. Eu sei que ele me atormenta, mas tenho consciência de que é um personagem criado para nos assustar. Hoje foi diferente, eu pude sentir que havia algo me perseguindo!

– Você não pode negar que essa história de estudantes atormentados por espíritos agourentos é macabra e está mexendo com você!

– Sim, mas...

– Mas nada. Você estava dormindo, teve que interromper seu sono, pegar um táxi desconhecido embaixo de temporal de madrugada e ficou com medo. Está lendo esse livro e acha coincidência que nessas circunstâncias você se sinta perseguida por algo maligno?

– Não, mas...

– Certo, o taxista era estranho, ele falava como se houvesse mais alguém com você, não pôde ver seu reflexo no espelho do elevador e uma voz macabra a chamava no corredor?

– Pode parecer estranho...

À luz da sala, e falando com minha amiga, realmente tudo parecia ter sido uma alucinação.

– Querida, você só ficou impressionada, é claro que não há nada lá fora. Vou abrir a porta para pegar suas coisas. Você verá que não tem ninguém!

– Nãoooo!!!!

Parecia que todo o pesadelo voltaria. Ela não ligou para meu grito, abriu a porta e tentou acender a luz do corredor. Como isso não aconteceu, ela disse que deveria ter queimado, o que não era raro de acontecer.

– A porta está aberta e dá para ver tudo aqui no corredor. Tudo bem?

– Tá – murmurei encolhida no sofá.

– Mas que bagunça que você fez! Imagina se dona Margarida resolve sair aqui?

– Ela ia surtar.

– Aquela velha deveria procurar outro lugar para importunar as pessoas. Parece que sente prazer em cuidar da vida dos estudantes. Acho até que ela foi contratada por algumas mães!

Eu quase consegui sorrir. Natasha recolheu tudo e voltou dizendo:

– Você está toda molhada, é melhor tomar um banho quente.

Fui me acalmando e continuamos falando da dona Margarida enquanto eu tomava banho com a porta aberta. Já em nossas camas e debaixo dos edredons conseguimos, enfim, voltar a dormir, uma vez que já passavam das três da manhã. Sonhei mais uma vez com Beatriz, a irmã que eu teria se tivesse sobrevivido ao parto. Brincávamos de casinha na casa da minha avó, tínhamos aproximadamente oito e dez anos. Ela dizia:

– Você é a mais nova, sempre foi a preferida da mamãe.

– Imagine, mamãe chorou muito por você, sente saudades e quer que sejamos amigas.

– Nós nunca seremos amigas!

Seu rosto se transformou numa máscara assustadora e ela avançou sobre mim empunhando a faca da cozinha da vovó.

Eu gritei e Natasha me acordou.

– Calma, calma, você estava tendo um pesadelo. Levante e corra para o chuveiro que já estamos atrasadas! Eu vou me vestir e preparo o café.

Entrei no banheiro atordoada e ao ver o espelho embaçado lembrei-me da noite anterior. Onde havia começado meu pesadelo? Tentei não pensar em nada além dos trabalhos atrasados que precisava realizar. Tomei o café com Natasha e até rimos sobre a possibilidade do vizinho estar apaixonado pela professora de Química. Deixamos a louça na pia, pegamos nosso material e seguimos para a faculdade.

Natasha desceu pelas escadas e eu a segui, sabendo que ela me diria que eu precisava me exercitar. Perguntei:

– A gente nunca vai poder descer de elevador?

– Claro que vamos, quando estivermos velhas ou inválidas!

– Que absurdo! – eu ri. – Quando terminarem as aulas, virei depois de você só para subir de elevador.

– Não faça isso, as escadas são sua única atividade física.

– Imagine, eu caminho todo dia até a faculdade!

– Jura!? Que ótimo, deve perder muitas calorias ao atravessar a rua!

Nós rimos e chegamos ao *hall* do prédio, ela correndo na frente e eu quase com a língua de fora.

– Vou passar na banca para comprar uma revista, vem comigo?

– Pode ir na frente, Natasha. Eu a encontro na aula.

Fui até a portaria e perguntei:

– Bom dia, seu Carlos! O que aconteceu com o botão de emergência do elevador? Não está funcionando?

– Bom dia, menina! O elevador está em manutenção desde sexta-feira, só hoje os homens virão consertar.

– Mas como...?

– Pois é, coisa velha tem disso. Está todo mundo reclamando. Eu já falei pra dona Margarida que tem mesmo é que trocar.

Estava confusa, parecia que o pesadelo não tinha passado e aquilo não era possível! Sem perceber o quanto sua declaração havia me atormentado, seu Carlos perguntou:.

– E aquela moça, é sua irmã? Ela já tem a chave?

– Irmã?

– Sim, aquela moça que entrou com você ontem. Ela é realmente a sua cara! Só não parecia tão alegre quanto você... Pelo jeito não estava nada feliz de chegar de madrugada. Desculpa falar, mas ela tem cara de ser brava de dar medo!

CRIATURAS

Bruno sentiu o odor apodrecido de morte antes mesmo de abrir os olhos. Seu corpo estava coberto de sangue e vísceras que formavam um mar de desespero em uma cidade invadida pelo medo e pela desgraça.

O adolescente empurrou alguns corpos que o cobriam e olhou ao redor, tentando se lembrar do que acontecera. O lugar que era fechado e as poucas luzes do teto, que ainda funcionavam, piscavam e soltavam faíscas de tempos em tempos. A primeira vista parecia ser o shopping que frequentava perto de sua casa, um lugar requintado e luxuoso que, em condições normais, jamais estaria destruído daquela forma.

Ele passou a mão pelo rosto tentando limpar o líquido pegajoso que cobria sua pele e lhe causava náuseas, mas aquele era um gesto inútil. O cheiro de carniça estava em todo o lugar e levaria meses até que desaparecesse por completo. Olhando à sua volta, Bruno percebeu que vários dos corpos que jaziam no chão do shopping estavam abertos, aparentemente violados por criaturas famintas, capazes de destroçar carne e ossos sem qualquer dificuldade.

De repente, a realidade que o atingiu transformou-se em desespero e o sentimento que tomou conta de seu corpo o obrigou a se ajoelhar para controlar a respiração ofegante.

– Onde estou? – questionou a si mesmo. – O que aconteceu? Como cheguei até aqui?

Uma lembrança lhe veio à mente. Parecia como uma noite de sábado, quando ele e alguns amigos caminhavam pela rua em direção à entrada de um grande centro comercial na intenção de encontrar outras pessoas. Um passeio despretensioso ao shopping para se divertir e paquerar, como faziam quase sempre aos finais de semana. Tudo corria bem, até que as luzes se apagaram e um som assustador invadiu o ambiente.

Naquele instante, risos e alegria deram espaço a gritos e desespero. Bruno tentou correr para algum lugar, mas era impossível saber exatamente onde estavam e para onde deveriam ir. Ele fugiu em direção a um único ponto de luz, mas aparentemente muitos tiveram a mesma ideia. Em um bater de corpos e objetos, Bruno caiu no chão, seguido por outros que o cobriram com o peso de seus corpos. Ele tentou respirar em meio a gritos de socorro, mas seu peito pressionado não permitia que seus pulmões trabalhassem corretamente. No escuro sombrio daquela noite, envolvido por gritos assustadores e percebendo o sofrimento das pessoas à sua volta, Bruno desmaiou.

Agora havia acordado e podia ver com os próprios olhos o que havia acontecido. Conseguia ver, mas não era capaz de imaginar quem ou o que poderia ter feito algo daquela natureza.

O som similar ao de uma cachoeira chamou sua atenção, fazendo com que seguisse na direção de um dos corredores laterais. A escuridão era tenebrosa e Bruno precisava desviar constantemente dos corpos espalhados por todo o caminho. A imagem de um homem com o rosto destroçado, encostada em uma das paredes, fez com que desviasse o olhar e decidisse não observar outros cadáveres que apareceram dali para frente. Precisava sair daquele lugar, fugir daquele pesadelo assustador, antes que ficasse como eles.

Alguns passos à frente, Bruno encontrou uma pequena praça de alimentação, ostentada por uma enorme janela envidraçada. O local era considerado uma das melhores vistas daquele *shopping* permitindo aos compradores, em dias normais, contemplar a cidade com suas construções modernas e suas luzes brilhantes. Bruno parou para observar e percebeu que a escuridão da noite era agora cortada por linhas de fumaça que partiam de prédios, casas e outras edificações. Apenas a luz bruxuleante da lua iluminava o cenário destruído, possivelmente pelo mesmo fenômeno que fora responsável pelo ataque ao *shopping*.

Bruno continuou a caminhar em direção ao som da cachoeira na esperança de encontrar uma fonte de água que pudesse limpar seu corpo e, quem sabe, lhe fornecer a sanidade suficiente para enfrentar todo aquele pesadelo.

Seguiu por mais alguns metros e então pôde avistar no andar inferior do prédio o que parecia ser sua fonte de água corrente. Um buraco na parede por certo havia rompido um cano e, pela abertura, o líquido da vida jorrava sem parar. Bruno desceu lentamente a escada que levava ao piso inferior tentando se aproximar, mas um vulto cruzou seu caminho fazendo com que desistisse. A distância, parecia um animal com uma vez e meia o tamanho dos seres humanos, musculatura forte e andar cambaleante.

Assustado, o jovem recuou alguns metros, escondendo-se próximo a um quiosque de acessórios para celulares.

O som de um rosnado assustador ecoou pelo prédio, fazendo com que ele se encolhesse no canto de uma das prateleiras, na esperança de que sua presença não fosse percebida. Seu coração batia acelerado e ele rezava para que não fosse descoberto em seu esconderijo.

Um novo grito rompeu o ar, seguido por um som oco e estranho, somente entendido por Bruno segundos depois.

Próximo de onde estava, um corpo acabara de cair sobre o chão frio de mármore. A criatura o havia arremessado a uma distância praticamente impossível para qualquer ser humano comum. Tratava-se de uma mulher de meia-idade. Seu ventre, assim como o de outros pelos quais passava, estava violado, vazio como uma caixa que fora desocupada. Bruno não conseguiu se conter e, em um movimento impulsivo, vomitou o pouco de alimento que tinha em seu estômago no centro do quiosque.

Mesmo a distância, o barulho chamou a atenção da criatura que imediatamente seguiu em sua direção.

Ao perceber seu movimento, Bruno abriu a porta de um dos armários e entrou, buscando espaço entre capas e películas de celulares. Assim que todo seu corpo passou para dentro, o jovem fechou a porta de metal instalada para separar os acessórios de ladrões e curiosos. Se tivesse sorte, o local lhe serviria de esconderijo até que pudesse correr em direção a uma saída.

A criatura se aproximou com cautela e entrou no quiosque procurando pela fonte daquele barulho. Parecia um homem, mas sua face estava deformada por um crescimento ósseo desproporcional. Na verdade, toda a pele de seu corpo parecia esticada, ameaçando se romper a qualquer momento.

O coração de Bruno batia acelerado e o suor escorria por seu rosto, cortando o sangue ressecado que cobria sua pele. O monstro cheirou o vômito e caminhou até a prateleira, encostando seu corpo na porta que protegia Bruno no interior do balcão. Seus olhos eram vermelhos, possivelmente resultado de uma hemorragia interna dos órgãos pressionados pelo crescimento incomum. O cheiro da criatura era ainda pior, e sua aparência, amedrontadora. Um frio inexplicável percorria a espinha de Bruno, fazendo com que tremesse incontrolavelmente.

Sua mente tentava encontrar respostas, saídas, mas ele não conseguia imaginar o que estava acontecendo, quem eram aquelas criaturas e como faria para se tornar o único sobrevivente em meio a tantos mortos.

De repente, o som de uma grande batida preencheu os ouvidos de Bruno e fez com que a criatura se afastasse da porta em um movimento brusco e inesperado. Outro monstro, tão grande quanto o primeiro, pulou sobre o balcão, retorcendo a estrutura e fazendo com que outros objetos caíssem sobre Bruno. O jovem se encolheu ainda mais no interior do móvel, temendo não haver saída.

A criatura que acabara de chegar emitiu um grito enquanto olhava fixamente para o primeiro monstro. Ela parecia destinada a defender aquele espaço e partiu imediatamente para cima do invasor, iniciando uma luta de forças descomunais. Com garras afiadas, golpeou a face do intruso causando um corte profundo e expondo a carne dilacerada. O monstro ferido recuou apenas dois passos e, produzindo também um grito amedrontador, avançou sobre aquele que o atacara, claramente disposto a sobrepujá-lo. Apenas com a força de seus braços ele ergueu o oponente sobre o corpo, atirando-o na direção da vitrine de uma loja de calçados. O despedaçar de vidros foi seguido por um grito de dor da criatura que agora tinha um pedaço da vitrine atravessando seu abdômen. O mostro se levantou rapidamente. Um sangue escuro escorria do ferimento fazendo com que ele se curvasse ainda mais.

Mesmo sendo forte e com tamanho desproporcional, a criatura parecia tão mortal e frágil quanto um ser humano comum. Sua resistência à dor e sua força física eram obviamente superiores às de qualquer homem, mas sua pele era facilmente penetrável. Bruno imaginou por um instante que tais seres seriam admiráveis em um local em que pudessem ser estudados e entendidos, mas ali eram unicamente ameaçadores e mortais. Ele observava a luta de dentro do balcão e, ao mesmo tempo, tentava encontrar um caminho que pudesse levá-lo para longe de tudo aquilo, um local em que pudesse estar protegido e a partir do qual pudesse planejar como sobreviver em um mundo como aquele.

Assim que saiu da vitrine, a criatura partiu novamente ao encontro do monstro invasor. Ela parecia ainda mais furiosa e estava disposta a enfrentar seu inimigo até a morte. Em uma corrida direta, encurtou a distância entre os dois, até pular sobre seu peito, agarrando-o e jogando-o no chão. Gritos de dor e raiva se misturavam em uma luta corporal onde garras e dentes perfuravam seus corpos sem piedade. A criatura ferida parecia não ter perdido sua força mesmo com o corpo perfurado profundamente. Ela segurava agora o que restara da perna destroçada do invasor, arrastando seu corpo em direção ao quiosque onde Bruno permanecia escondido. O jovem não sabia como reagir, um medo que nunca sentira na vida havia paralisado seu raciocínio, trazendo à mente apenas pensamentos de desespero e o desejo de uma fuga irracional.

Sem qualquer piedade, a criatura que arrastava o inimigo atirou-o na direção do quiosque. Impulsionado pela força descomunal do adversário, o monstro ferido passou sobre o balcão, chocando-se contra uma coluna circular alguns metros à frente. O som de ossos se quebrando e um grito de dor desesperado foi o último sinal de vida do monstro que caía ensanguentado sobre o piso. Era o fim.

A imagem assustadora dos ossos quebrados, perfurando a pele pútrida e fétida, foi demais para o jovem e fez com que o medo de Bruno se tornasse incontrolável.

Abrindo a porta, ele correu desesperadamente na direção oposta da criatura que havia vencido. Impulsivamente, Bruno seguiu em direção a uma placa que indicava a saída mais próxima. Em sua mente, seria impossível sobreviver a um confronto com criaturas como aquelas. Precisava fugir e encontrar alguém que pudesse ajudá-lo, alguém que soubesse o que fazer. Pessoas que compreendessem o que estava acontecendo e que o levassem a um lugar seguro, longe do pavor que sentia naquele momento.

Assim que percebeu a fuga de Bruno, a criatura disparou em sua direção. Por estar alguns metros na frente, Bruno tinha a esperança de chegar à porta antes que o monstro pudesse alcançá-lo.

Bruno correu como nunca fizera em sua vida. Por entre os corpos ainda espalhados, enfrentou o medo, motivado pela esperança de encontrar um lugar seguro, uma salvação. Na curta distância que percorrera, dava-se conta do terror e da tristeza de tudo à sua volta. O mundo que conhecera estava destroçado por um mal imaginado apenas nas mentes mais assustadoras. Assim que visualizou a porta que escolhera para sua salvação, lágrimas escorreram de seu rosto. Outras criaturas reviravam corpos e, percebendo sua presença, elevaram o olhar em sua direção.

Paralisado pelo medo, Bruno fechou os olhos e, chorando, esperou até sentir o primeiro golpe.

As primeiras dores foram intensas e infernais, mas em pouco tempo não sentiu mais nada e então, em seu último lampejo de consciência, entendeu que em meio a tantos seria apenas mais um.

***

O som de um bip produzido pelo computador principal preencheu o silêncio do laboratório:

– Mais um resultado negativo, senhor – disse a mulher que operava a mesa de controle.

Era uma unidade de treinamento imensa, com quatro fileiras de células de subordinação, aparelhadas eletronicamente para condicionar soldados a enfrentar o medo das criaturas. Eletrodos ligados ao córtex frontal dos homens reproduziam imagens retiradas de pessoas mortas em confrontos reais e permitiam aos cientistas eliminar o medo instintivo do ser humano através de um exercício comum de repetição.

– Carregue novamente – respondeu o cientista-chefe do laboratório.

– Mas esta já é a vigésima inserção deste soldado, senhor – disse a mulher. – Desta maneira ele pode não resistir. Podemos perdê-lo.

Os corredores bem iluminados revelavam dezenas de

jovens presos a cadeiras que os levavam a pesadelos induzidos, em nada diferente da vida que iriam enfrentar daquele momento em diante. Os mais jovens lembravam as crianças que muitos anos antes brincavam pelas ruas das cidades preocupadas apenas com deveres de escola e descobertas da puberdade.

O professor não tinha prazer em introduzir pensamentos tenebrosos na memória de crianças, mas as alternativas eram mínimas e se tornara impossível seguir seus princípios:

– Carregue novamente, enfermeira! – repetiu ele. – São os únicos que temos.

A enfermeira inseriu alguns dados na tela do computador e foi até uma das cadeiras da sala para completar o trabalho que lhe fora ordenado.

Cansado, o homem virou e caminhou até a janela que lhe permitia ver o que restara de sua cidade. Um fosso de águas ácidas separava um pequeno grupo de prédios modernos e imponentes de uma região destruída e impregnada pelo terror. Em seu interior o professor sabia que aquela era a nova realidade de um mundo que os homens, um dia se julgando deuses, haviam criado para si.

TERROR NA ESCOLA

– Por que está revivendo esse inferno?

Ela via claramente que o rapaz estava perturbado. Ele chegara sorrindo ao sentar-se ao seu lado no jardim e conversara sobre assuntos amenos, como no dia anterior, mas passou a fazer perguntas pessoais até relembrar a tragédia.

– Desculpe, mas eu preciso entender, Daniela! Sou sobrinho-neto de Sofia e quero proteger minha família. A demência atingiu muitos dos meus parentes, quero acabar com essa maldição. Estou procurando respostas! Ela era mesmo perigosa?

– Sofia?

– Sim, me disseram que vocês invocaram o espírito dela.

– Você acredita nisso, jovem Eduardo?

– Eu acredito. Ainda mais depois que soube que você falava de uma boneca quando veio para cá.

– Por favor, esqueça que ouviu isso!

– Mas agora tudo se encaixa!

– Do que está falando?

– Sabe do que aconteceu com Teresa e Sofia?

– Dizem muita coisa...

– Muito bem, vou lhe contar o que eu sei.

Teresa era a professora do primário considerada a

mais competente, exigente e comprometida com o ensino. Ela acreditava na capacidade de todos os alunos e zelava pela ordem e disciplina. Os pais torciam para que os filhos fossem seus alunos. Suas turmas estavam sempre adiantadas nos conteúdos, eram as mais silenciosas da escola e as que formavam filas perfeitas. Sempre um exatamente atrás do outro.

Certo dia seus alunos levaram para a escola artigos familiares para serem apresentados aos colegas na aula de história. Cada um se levantava e falava sobre o objeto trazido, contando sua importância para a família, enquanto os colegas ouviam em silêncio e anotavam tópicos na folha pautada entregue no início da atividade. Sofia, uma aluna nada tímida e considerada impertinente pela professora, apresentou a boneca mais linda que seus colegas já tinham visto.

– Essa boneca era da minha bisavó, mamãe e eu fomos visitá-la semana passada no hospital para doentes da cabeça. Ela me deu, dizendo que era de nossos ancestrais. E contou uma história só para mim, quando a mamãe foi falar com o médico.

– A boneca é mesmo linda. Parabéns pela contribuição, Sofia.

– Mas quero contar a história sinistra sobre a origem da boneca, professora.

– Acho que já é suficiente, Sofia.

Desconsiderando a negação da professora, a menina continuou:

– Dizem que um soldado inglês pegou essa boneca numa tribo de aborígenes que foi dizimada sem motivo aparente e levou para sua filha caçula. Logo depois ela foi considerada demente ao ser encontrada ao lado de seu cachorro morto.

– Que horror!

– Sofia, chega!

– As aparências enganam e essa beleza dela esconde uma maldição!

– Basta, Sofia! Que disparate! Onde já se viu inventar uma coisa dessas?

– É verdade, minha bisavó disse que a boneca é amaldiçoada e que eu deveria me livrar dela. *Mas, ela é tão linda!*

– Sofia, venha comigo para o banco da disciplina!

– Mas...

A professora conduziu a aluna para uma carteira que ficava no corredor, na porta da sala, com uma folha grudada logo acima "banco da disciplina – me envergonho por estar aqui".

– Professora Teresa, eu estou muito apertada, preciso ir ao banheiro antes.

–Vá e volte logo, sem conversa no banheiro.

Sofia saiu andando o mais rápido que pôde, chorando, com a boneca junto ao peito. Um quarto da hora se passou, chegou o momento da aula de música e Sofia não havia voltado. Após levar a turma para o conservatório, Teresa passou pelo jardim e se dirigiu ao banheiro para buscar a menina. Se fosse necessário, usaria a força para trazê-la de volta e depois de tudo ainda chamaria seus pais para uma advertência.

Ao entrar no banheiro quase vazio, percebeu que Sofia chorava no último box e dirigiu-se até ela.

– Sofia, chega de choro. Recomponha-se e me acompanhe até a direção.

Como ela não respondeu, a professora empurrou a porta. Estava destrancada. Sofia tinha o rosto angelical e calmo, mas seus olhos demonstravam fúria. A professora a olhou aterrorizada e não teve reação ao ser atacada com uma tesoura de jardim. Com golpes violentos a aluna desfigurava a professora enquanto a boneca parecia sorrir.

– Estou cansada de receber castigos injustamente!

Pouco depois uma aluna gritou ao entrar no banheiro e logo toda a escola sabia da tragédia: professora Teresa havia sido assassinada por uma aluna numa crise de demência. Sofia foi internada numa clínica de doentes mentais e a boneca nunca mais apareceu.

Daniela deu um longo suspiro. Já entardecia e em breve alguém iria levá-la para jantar.

– Quem lhe contou essa história?

– Minha avó, irmã de Sofia. Ela veio visitar Sofia muitas vezes e sofreu ao vê-la definhar. Ela diz que Sofia foi possuída pela boneca ao matar Teresa. Mas nunca disse a ninguém, pois não queria ser internada como ela. Só me contou agora porque comecei a ter pesadelos. Eu acho que Sofia não era esse doce de menina, por isso foi possuída.

– Acha que ela foi culpada?

– De certa forma sim, mas quero saber da outra tragédia, daquela que você presenciou.

Daniela sentia a angústia do rapaz, percebeu que ele tinha esperança de mudar sua história. Mas ela sabia que isso não aconteceria.

– Se não fosse tão importante, eu não viria procurá-la aqui. Precisei de dias para conseguir autorização para falar com você, e ontem percebi que está bem, que pode me ajudar! Já conversei com os envolvidos, mas só você pode me contar exatamente o que aconteceu. Prometo não importuná-la mais, Daniela!

– Não acho que fará diferença.

– Eu garanto que sim, por favor.

– Certo, jovem Eduardo, vou lhe contar tudo que aconteceu. Mas se me chamarem para jantar, não posso me atrasar.

– Claro... Ainda há tempo.

– Tudo começou mesmo com o Jogo do Copo.

– Aquele em que se faz um ritual para invocar espíritos?

– Sim, ele era uma febre nos anos 1990 e já tínhamos feito algumas vezes.

– Hoje ele é considerado uma lenda urbana.

– Sim, mas algo deu errado naquela quinta-feira.

Eu estava na oitava série e estudava no Colégio desde os seis anos. Tinha João, Camila e Lucas como melhores amigos. Jéssica também tivera esse status, mas tínhamos nos afastado naquele ano por estarmos em salas diferentes. Eu fui apaixonada por João por anos, mas ele só conseguia me ver como amiga.

Naquele fim de tarde estávamos na casa do Lucas e faríamos uma versão mais real do Jogo do Copo. Quando chegamos, ele já havia feito parte do ritual que havia pesquisado e nos levou para seu quarto, onde uma folha de cartolina ganhava destaque com suas letras e números caprichosamente escritos em círculo.

– Uau, você está se especializando! – sorriu João.

– Posso garantir que hoje invocaremos espíritos. Passei a tarde organizando tudo e segui todos os passos já conhecidos para dar certo.

– Precisamos rezar dois pai-nossos e quatro ave-marias de mãos dadas, fazer o sacrifício e chamar o espírito.

– Rezar de brincadeira? Não acho legal... – argumentou Camila.

– Então reze de verdade porque isso não é brincadeira!

Alguém pode morrer ou até perder a vida! – disse Lucas de forma dramática.

– Que engraçado! Então vamos começar logo para ver se são mesmo corajosos! – sorriu João.

– Assim que se fala, lindo!

Jéssica sorriu para ele apaixonada e, sob os olhares de todos, João a beijou de leve nos lábios, provando que ela era correspondida. O ciúme me corroeu por dentro. Lucas quebrou o silêncio:

– Sem romances agora, amigos. Poderão se agarrar depois, se sobreviverem!

Entrelaçamos as mãos, eu com Lucas e Camila, distante de Jéssica e João. Liderando as ações, Lucas iniciou as orações e pediu que ficássemos de olhos fechados, em concentração. Eu não conseguia prestar atenção em nada além de João e Jéssica de mãos dadas e no beijo que presenciamos.

Ao terminarmos, Lucas soltou de nossas mãos, se abaixou, pegou o copo e o compasso.

– Agora só precisamos que alguém se sacrifique com seu sangue.

– Como assim?

– Essa parte eu não tinha entendido, alguém tem que morrer? – sorriu Jéssica debochada.

– Sim, você se habilita? – ele sorria.

– Que drama, galera, é só uma gota de sangue, um furinho de nada – argumentou João.

– Ok, homem macho, dê seu dedo então – Lucas virou-se para o amigo.

Antes que João retirasse a mão entrelaçada com a mão de Jéssica eu estendi a minha e peguei o compasso.

– Eu resolvo isso.

Rapidamente posicionei o compasso em meu dedo indicador esquerdo e fiz pressão. Senti a ponta afiada perfurando minha pele e fiz uma careta. Rapidamente devolvi o compasso e peguei o copo que Lucas me estendia. Por um momento todos ficaram em silêncio olhando a generosa gota de sangue escorrer lentamente pela lateral do copo.

– Uau! Agora sim! – Lucas pegou o copo da minha mão completamente excitado. – Foquemos no círculo e continuemos de mãos dadas – posicionou o copo no centro da folha. – Agora já era, não tem volta! Preparados?

Todos concordamos.

– Querida professora Teresa do Colégio Paulista, a senhora nos daria a honra da sua presença?

– Nossa, que puxa saco, Lucas! Por que você escolheu a mocinha e não a vilã da história? – reclamou João.

– Mocinha? Dizem que a professora era uma bruxa e tratava os alunos como se estivessem no exército! –argumentou Camila.

– Não sei, vocês querem mexer com o espírito da Sofia? – perguntou Lucas.

– Claro, assim que vai ser legal!

– Vamos ouvir essa menina maluca!

– Querida Sofia, você nos daria a honra de sua visita a esses seus companheiros contemporâneos do mesmo colégio?

Nada aconteceu.

– Mas que gentileza com uma assassina demente!

– Todos os espíritos precisam ser bem tratados, Jéssica.

– Ah tá, vamos ver se funciona assim: Sofia, menininha malcriada, se é mesmo corajosa apareça para nós!

– Você não foi corajosa para assassinar sua professora? – encorajou João.

Repentinamente sentimos uma lufada de vento que fez a folha estremecer. Todos ficamos sérios observando o copo mover-se alguns milímetros.

– Ah, fala sério! Agora vão dizer que não foi o vento, o copo se mexeu sozinho?

Lucas ignorou João.

– Sofia, você se encontra aqui entre nós?

O copo deslizou até a extremidade da folha que indicava SIM.

Ficamos arrepiados. Era difícil de acreditar que o Lucas não estava fazendo alguma mágica.

– Você está em paz?

Copo deslizou até a palavra NÃO.

– Claro que não, ela foi uma assassina! – disse Jéssica.

– Se estava doente não podia responder por seus atos – argumentei.

– Sofia, você matou a professora Teresa?

O copo não se moveu.

– Está vendo? Ela disse que não. Porque não teve culpa.

O copo se moveu até o SIM.

– Você sabia o que estava fazendo? NÃO.

– Outra pessoa foi responsável pela morte da professora Teresa? SIM.

– Pode nos dizer quem? NÃO.

– Você acha que ainda há perigo na escola? SIM.

– Para os professores? NÃO.

– Para os alunos? SIM.

– Nós cinco estamos seguros? NÃO.

E o copo explodiu, como se tivesse sido jogado no chão, espalhando cacos de vidro para todos os lados.

Todos recuamos e, por um instante, ninguém falou nada.

– Meu Deus! Isso não estava previsto! E no meu quarto!

– Calma, Lucas, vamos limpar tudo antes da sua mãe chegar.

– Limpar? Estou preocupado desse espírito ficar preso aqui no quarto!

– Calma, não tem nada, sem histeria.

João se levantou, acendeu as luzes e buscou uma vassoura. Ele varreu tudo dizendo que aquilo era uma bobagem e que se encontrasse Sofia ele mesmo iria matá-la por nos dar aquele susto.

Depois que Lucas pediu mil desculpas ao espírito e jogou água benta por todo o quarto, fomos lanchar e nos encaminhamos para nossas casas.

No dia seguinte nos encontramos no colégio à tarde, durante a partida de futebol dos meninos das duas salas. Camila e eu estávamos sentadas na beirada do campo, ao lado de Lucas, que gritava como se fosse o técnico do time da nossa sala. Meus olhos só focavam no João, como era lindo: alto, atlético, com seus cabelos arrepiados com a ajuda de gel e um sorriso de tirar o fôlego! Aquela era sua marca registrada: o sorriso acompanhado de covinhas.

Camila e eu falávamos sobre o namoro entre ele e Jéssica. Eu me sentia traída, apesar de saber que para os dois eu nunca passara do estágio de amiga. No intervalo do jogo, Camila e eu saímos em busca de água.

Passamos pelo parquinho e tropecei num baldinho esquecido ali pelos alunos menores. Caí de joelhos e me deparei com os olhos mais misteriosos que já vi: uma boneca de pano antiga com olhos de vidro. Parecia ter sido bonita, mas estava desgastada e suja. Peguei a boneca e mostrei para Camila.

– Nossa, Daniela, que boneca esquisita! Parece que ela olha para gente!

– Uhh, que medo! Será que ela vai nos matar? – Corri atrás de Camila incitando a boneca contra ela.

– Pare, Dani! Não gosto dessas coisas. Você sabe que nem consegui dormir depois daquela brincadeira do copo.

– Já disse para você que é bobeira, que os espíritos não se preocupam com adolescentes bobos que os invocam com copos, compassos ou canetas cruzadas.

– Mas o copo quebrou, Daniela! Você também teve medo, assim como a Jéssica e eu!

– Sim, claro, todos ficamos. Mas tudo voltou ao normal, não foi!? Contei para minha mãe e ela me fez prometer que não vamos mais mexer com isso. Então não posso andar com essa filha do mal pela escola!

– Não diga isso, Daniela! É só uma boneca velha esquecida por alguém da primeira série, vamos deixar nos achados e perdidos.

– Tenho uma ideia melhor!

– Lá vem você com esse olhar de quem vai aprontar...

– Venha comigo – eu disse e Camila me seguiu resmungando.

Passamos pela quadra de areia e nos dirigimos ao vestiário feminino. Ali estavam as mochilas das meninas que ajudavam no jogo daquele dia. Procurei a da Jéssica e coloquei a boneca com dificuldade lá dentro.

Camila riu e voltamos ao jogo. No fim, o professor parabenizou o time vencedor, dispensou as turmas desejando um bom fim de semana e mandou que fôssemos embora antes da chuva. Camila e eu pegamos nossas mochilas e nos dirigimos ao portão onde os poucos alunos do primário ainda esperavam os pais atrasados. Em companhia do Lucas, compramos um lanche no carrinho da esquina e sentamos na praça em frente à escola. Todos os alunos das duas turmas passavam por nós e eu ficava imaginando se João estaria com Jéssica em algum lugar entre o campo e os banheiros dos vestiários.

Depois de mais ou menos uma hora, João apareceu sozinho dizendo que esperava Jéssica, mas as meninas disseram que não havia mais ninguém no vestiário. Olhamos para o portão da escola, não havia alunos remanescentes. Dissemos a ele que ela não havia passado por nós, mas poderia ter saído pela calçada do outro lado. Perguntei ao João se queria que eu desse uma olhada no vestiário. Ele aceitou e eu já havia me arrependido de ter oferecido.

Passei pelo corredor das salas de aula, atravessei o pátio coberto e cheguei ao vestiário. A funcionária que sempre estava por perto não se encontrava lá. Nem os professores de educação física. Todos deviam ter ido embora.

Cheguei perto de vestiário e ouvi uma risada baixa e grave, tentei abrir a porta, mas estava emperrada. Parecia que alguém do outro lado a segurava. Achei que pudesse ser uma brincadeira sem graça da Jéssica em retaliação à boneca suja que pus em sua mochila. Mas ouvi um sussurro pedindo socorro. Fiquei paralisada e ouvi de novo e dessa vez chamando meu nome. Distanciei-me da porta e peguei impulso para forçá-la e, quando esperava pela dor de bater contra a porta, esta abriu sozinha, fazendo com que caísse no chão que estava todo molhado. Parecia que um cano tinha estourado. Levantei e percebi que a água batia no meu tornozelo.

Olhei para os bancos compridos de madeira que se enfileiravam em toda a extensão do vestiário, os armários individuais de metal e os ganchos sem nenhuma mochila pendurada. A mochila de Jéssica estava boiando. Corri até ela e vi que um líquido escuro escorria por uma de suas extremidades. Soltei a mochila como se tivesse levado um choque: era sangue! O líquido escuro caía na água e se diluía em tons de vermelho em direção ao ralo. Meu coração disparou. O que estava acontecendo ali?

Andei pelo piso alagado olhando para dentro dos boxes abertos. Todos os chuveiros estavam ligados, mas não havia ninguém lá dentro. Ouvia a batida acelerada do meu coração, estava com muito medo. Somente o último box estava fechado. Toquei na porta e percebi que estava destrancada. Comecei a empurrá-la devagar quando as luzes piscaram duas vezes. Olhei para baixo e percebi sangue saindo de dentro do box. Tremi. Empurrei a porta e vi uma cena que jamais imaginara nem em meus pesadelos: Jéssica estava lá, pendurada na pilastra com a mangueira do chuveiro em seu pescoço. Uma tesoura de jardim enferrujada estava cravada em seu peito! Seus olhos estavam abertos, paralisados de terror. A pele rasgada, o sangue fresco saindo do ferimento e a carne exposta formavam um cenário macabro.

O grito ficou entalado em minha garganta. Dei alguns passos para trás. Jéssica estava morta. Assassinada! Não podia ser verdade. Como num pesadelo, ouvi uma risada, a mesma de antes de entrar no vestiário. Olhei para todos os lados, mas nada encontrei. Comecei a tremer e tinha a impressão de que todo o calor do ambiente havia se esvaído. Sentia uma ânsia terrível, meu corpo relutava em aceitar o que presenciara. Um nó se estreitara em minha garganta e respirar passou a ser uma missão. Precisava sair dali!

As luzes piscavam através das lâmpadas que resistiram no teto. Algumas tinham caído e espalhado cacos de vidro pelos bancos. Um grosso fio desencapado tinha caído do teto e balançava de um lado para o outro. Quando encostava na água soltava faíscas, e percebi o perigo. Subi no banco de madeira e comecei a andar em direção à saída, tremendo e respirando com dificuldade. No terceiro passo escorreguei. Caí violentamente sentada no banco e senti uma dor lancinante no quadril. Deveria ter fraturado. Ouvi a risada novamente. Precisava fugir! Ao tentar me levantar apoiei uma das mãos sobre cacos das lâmpadas quebradas. Alguns deles perfuraram a palma da minha mão e o sangue brotou rapidamente. A mão *ensanguentada latejava de dor e somada à ânsia, ao medo, às outras dores e a falta de ar me fez cair num choro desesperado.*

Como resposta, houve um barulho na porta da entrada do vestiário. Olhei para aquela direção apreensiva. Logo, outro estrondo e João entrou assim como eu, caindo no chão molhado. Senti alívio, ele vinha em meu socorro! Em segundos ele se levantou:

– O que está acontecendo aqui? Dani, você está machucada? Está sangrando?

Vi o fio do teto se mexendo. Ele tinha a água como destino.

– João, cuidado! – gritei para que subisse no banco.

Mas, no momento em que o fio encostou na água, ao invés de ser repelido com faíscas, ele mergulhou ao lado de João. Vi uma fração de desespero em seus olhos, enquanto seu corpo se contorcia pelo choque. Sua boca espumava e seus olhos se esbugalharam. Uma faca trespassou o meu peito, a dor era insuportável. O pior momento da minha vida: ser expectadora da morte de meu melhor amigo. Os segundos pareceram uma eternidade e, enfim, João caiu pesadamente no chão, espalhando água para todo lado.

Tentei um grito de socorro, mas minha voz parecia ter sumido. A dor no peito me paralisava. Só poderia estar num pesadelo! Ouvi a risada. Estava perto de mim. Apavorada, olhei para o lado e a vi. Não podia ser! A boneca que eu co-

locara na mochila da Jéssica sorria de pé sobre o banco de madeira, com os olhos brilhantes e um semblante sereno e orgulhoso. Senti que estava no inferno. Só pensava em Jéssica e João. Eles estavam mortos e eu via uma boneca gargalhar. Eu estava louca, desejei morrer. As dores pareceram mais brandas, a visão ficou embaçada e perdi os sentidos.

Acordei três dias depois, sem saber onde estava. Um lençol branco me cobria e um rosto desconhecido me assistia, aplicando injeções e perguntando se eu estava bem. Era um hospital, fiquei aliviada. Ao me sentir um pouco mais forte e resistente, conversei com familiares e alguns policiais e expliquei toda a história. Fazer isso de forma histérica, aos berros e aos prantos, falando de espíritos e boneca deixou todos ainda mais assustados. Disseram que parte da tragédia foi que perdi o juízo. E desde então estou aqui nessa clínica. Onde servem o melhor jantar.

– Entende como tudo se encaixa? Sofia voltou na boneca naquele dia! Seus amigos zombaram dela! E depois a boneca sumiu como da primeira vez!

– Bobagem, não acredito nisso, a boneca não sumiu.

– Deveria acreditar! Porque Sofia ficou mesmo demente e morreu logo depois que foi internada. Espere, você disse que a boneca não sumiu?

– Não, está aqui comigo. A Sofia trouxe para mim há um tempo.

– A Sofia?

– Sim, ela está entediada com essa conversa. Está o tempo todo aqui com a gente, sentada ao seu lado.

BR 116

Os céus já não eram azuis há muito tempo. As nuvens brancas, fofinhas, também não passavam de lembranças. Aquele era um céu negro, com veios rubros que o cortavam como se fossem rios. Raios mudos corriam por ele, chicoteando na terra morta de vez em quando. Era assim dia e noite. Desde quando? Lucas não saberia dizer.

Ele era um menino com não mais que oito anos. Sujo da cabeça aos pés, ostentando uma cobertura de fuligem, barro e sangue seco. Estava sentado onde lhe era mais seguro, em cima do carro retorcido do Homem. Permaneceria ali pela eternidade, roendo unhas e choramingando consigo mesmo, pedindo pela mãe que não viria. Às vezes, quando o Homem ficava muito quieto, Lucas se aventurava até o vidro estilhaçado e, cuidadoso, olhava para dentro para ver se ele tinha escapado das ferragens ou se havia finalmente morrido.

A fome e sede também faziam parte de sua rotina, mas já o acompanhavam há tanto tempo que Lucas se acostumara a elas. Mas um dia depois de tantos, em meio àquele caos, um simples latido fez sua rotina mudar por completo.

Ele ergueu os olhos e o Homem parou de gritar. Lucas procurou ao seu redor, olhando os morros e casas de cada lado da rodovia e depois, nela própria, de uma ponta à outra, focando entre os carros abandonados e os vultos que se arrastavam de um lado para o outro. Ele não lembrava o nome daquela rodovia, mas agora ela era seu lar. Sabia que se fosse para trás, chegaria ao Rio de Janeiro e, se fosse para frente, chegaria a São Paulo. Mais, sabia que em algum lugar mais adiante estava a saída que o levaria para sua casa real. Se ao menos pudesse passar pelos Maus...

O cachorro latiu novamente, à frente, um vulto canino atravessou sua visão.

Agora tinha certeza! Havia um cachorro ali. Gostava de cachorros. Seu pai, um policial, era treinador no canil da Polícia Federal. Gaia fora sua favorita, uma cadela da raça pastor-alemão comportada e gentil, amável e brincalhona.

O Homem, após segundos de silêncio, tornou a gritar e se retorcer dentro do carro imprestável. Vez ou outra, ele lançava a mão que lhe restara pela janela, tentando agarrar Lucas.

O cachorro latiu novamente, em algum lugar mais à frente. Era incrível como ele se lembrava de Gaia chamando para brincar. Naquele mundo escuro, a lembrança de Gaia correndo pelo jardim iluminou sua mente, trazendo cores vivas, já esquecidas pelo garoto.

Lucas levantou-se. Hesitou por longos minutos. O latido chamou-o novamente, ao menos assim ele pensava. Então, pulando no capô destruído, desceu para o chão cheio de cacos de vidro e parou, escutando.

– Garoto! – gritou o Homem ao vê-lo. A roupa em frangalhos, o corpo sujo e cheio de sangue. Era um homem grande, com pouco mais de trinta anos. Preso nas ferragens, esticava o braço para Lucas, exibindo olhos doentios.

Ao longe, o cachorro latiu de novo. Parecia chamá-lo.

– Tchau – disse ele para o Homem.

Deixando os gritos para trás, correu atrás do cachorro.

Cansado, queria andar, mas não podia. Os Outros viriam atrás dele como sempre. Precisava correr. Precisava ser esperto. Tinha que ser esperto como um policial. Tinha que ser como seu pai.

O cachorro latia de tempos em tempos, atraindo Lucas pela estrada. O garoto tentou segui-lo, correndo quando podia, se escondendo quando um dos Outros se aproximava, andando lentamente e sem rumo.

Então, após algumas horas desta perseguição, os latidos cessaram. Lucas olhou para trás e, mesmo a rodovia sendo uma reta sem fim, havia perdido de vista o carro batido onde "morava". À sua direita, um gigantesco M amarelo desbotado era sustentado por uma haste de metal, bem à frente do shopping. O local em si não o atraía, mas era um marco. Dali para frente era território do Louco. Também era próximo de onde o Cego ficava, mas o Louco sempre o percebia e caçava antes.

Olhou mais uma vez para trás, mordendo os lábios em hesitação. Talvez fosse melhor voltar e ficar no abrigo seguro, no teto do carro em que o Homem estava preso. Mas o latido tornou a chamá-lo. Desta vez mais forte. Lucas arregalou os olhos e a viu.

Em contraste com a desolação que a cercava, Gaia ostentava uma pelagem preta e dourada. A coleira vermelha estava em seu pescoço, sustentando a plaqueta com seu nome. Mas não era necessário lê-la para reconhecê-la. Lucas sabia quem era ela. Dentre todos os motivos que poderiam levá-la ali, ele agarrou-se ao mais óbvio: o de que ela viera atrás dele.

A alegria, no entanto, se tornou medo em uma fração

de segundo. O ganido de dor ecoou quando a bota do Louco a atingiu entre as costelas, lançando-a para frente.

O Louco era alto e magro, muito magro. A cabeça, em formato de ovo, era lisa e cheia de feridas, dando-lhe um aspecto doentio. Os dentes eram tortos e ele os rangia enquanto sorria frente ao animal que o encarava temeroso.

– Corra! – gritou Lucas, tampando a boca em seguida, amedrontado por atrair a atenção para si.

O Louco inclinou a cabeça, deixando exibir um corte na jugular, tão fundo que dava para ver os músculos do pescoço. A mão esquerda foi até a cintura, ele tirou a .38 de lá e apontou para o menino.

– Ora, ora... O que temos aqui? – disse, coçando a cabeça com força.

Piscou três vezes e puxou o cão da arma.

– Eu tenho esta arma e posso matá-lo, baixinho. Posso explodir sua cabeça ou varar suas tripas! Ha ha! Corra, você diz? Mas, você consegue correr mais que minhas amigas aqui no tambor?

Lucas acompanhou Gaia se afastar e sumir entre os carros destruídos levando consigo o resto de suas esperanças. O choro veio à garganta e o desejo de estar nos braços de sua mãe aumentou. Um vento frio levantou a sujeira na estrada e, distante, um relâmpago cortou os céus.

– Venha aqui! – gritou o Louco a plenos pulmões, apontando a arma com mãos trêmulas para a criança. – Nós vamos dar uma voltinha...

A criança aproximou-se lentamente. O medo devorando sua vontade de correr. Tão logo aproximou-se, ele segurou a criança pelo braço e a ergueu com facilidade para encará-la de perto.

– Que coisinha feia é você... – resmungou, em meio a uma fungada.

Então encostou a arma na cabeça do menino e ficou olhando para ele, se divertindo com o temor incontrolável que sua presa sentia.

– Parece meu irmão mais novo. O maldito tinha tudo que queria. Tudo! Meus pais davam tudo a ele e nada para mim... O fedelho era mimado, ah sim, como o era. E você, ratinho? Também é mimado como meu irmão?

O choro foi a resposta. Não havia o que fazer. Não havia como reagir. Era um adulto com uma arma contra uma criança. Ele não deveria ter saído de cima do carro. Ele não deveria ter tido esperança de voltar para casa.

– Foi o que eu imaginei... Você é como ele. Um fedelho mimado. – O Louco o jogou no chão e apontou a arma. – Vou mandá-lo para o inferno, irmão. Quero ver o que nossa mãe acha disso!

Lucas levou as mãos aos olhos na vã tentativa de que aquilo tudo se desmanchasse como num sonho ruim. Então veio o rosnado e o tiro. O grito de dor e ódio trouxeram o garoto de volta, fazendo-o abrir os olhos. Gaia estava agarrada ao braço do Louco e o mordia ferozmente, enquanto o homem, desarmado, tentava arrancá-la de lá.

O garoto os encarou por alguns segundos antes do instinto de sobrevivência vir à tona e colocá-lo para correr. Ele levantou-se enquanto a cadela lutava bravamente com o Louco e correu, atravessando a estrada, pulando o parapeito e indo pela grama à procura de ajuda.

Nem sempre o Cego estava ali, mas, se desse sorte, ele o protegeria do Louco. Lucas correu pelo gramado ressecado aos tropeços. O shopping ficou para trás. Ele atravessou o viaduto e seguiu adiante.

– Cego! – gritou, apressado, girando em torno do próprio corpo na esperança de encontrar o homem. – Cego!

– Estou aqui, garoto – disse a voz calma, fazendo Lucas dar um pulo de susto.

O homem moreno estava a menos de três metros, parado, de pé, apoiado na sua bengala de madeira. A idade avançada havia curvado seus ossos e dobrado sua pele, bem como roubado o preto de seus pelos e cabelos. Os olhos encaravam o infinito e a expressão denotava concentração para ouvir o garoto.

– O Louco! Ele está com Gaia! Precisa me ajudar!

– Quem é Gaia, meu jovem? – perguntou com a calma de quem venceu a pressa da vida.

– Minha cachorra! – o garoto gritou. – Ela veio me ajudar e o Louco vai atirar nela!

– Temos pressa, então – disse o velho sorrindo. – Chame-a aqui. Pense nela com força e grite por ela. Faça-a vir até nós.

Lucas hesitou por um momento. Se chamasse Gaia, ele também atrairia o Louco, sabia disso. Mas o Cego poderia lidar com ele. Os Outros evitavam o velho, já o vira espantá-los uma vez, na ocasião em que o conhecera. Talvez ele pudesse lidar com o Louco também. Enfim, decidiu-se. Levou as mãos à boca e gritou com todas as forças:

– Gaia! Aqui! Venha, menina! Aqui!

Silêncio. Um relâmpago e um trovão longo.

– Gaia! – chamou novamente. – Aqui, menina!

O latido ecoou próximo, trazendo consigo alívio. A cadela saltou sobre um carro abandonado e latiu novamente. Então correu para perto deles.

O garoto a recebeu com um abraço e ela retribuiu com

uma carinhosa lambida no rosto. A sensação, após tanto tempo sozinho e sem carinho algum, era indescritível. Lucas se sentiu amparado e seguro.

BANG!

O tiro os assustou.

– Fiquem atrás de mim – pediu o Cego, com sua calma imutável.

– Quem é você, velho? – gritou o Louco, andando sobre vidro quebrado.

Um sorriso desconfiado e temeroso tentava se sustentar em seu rosto.

– Saia da frente! Vou matar um cachorro e pegar meu menino.

– Não, não vai. Você não pode fazer isso – anunciou o Cego.

Atrás dele, Gaia rosnava.

– E mesmo se pudesse, eu não permitiria.

– Quer um furo na cabeça, idiota?

O Louco apontou a arma trêmula. Os dentes rangiam com vigor.

– Vaza, ou eu mato você. Explodo seus miolos, imbecil!

– Você não pode me ferir – sorriu o velho –, tente... Aperte o gatilho.

BANG!

O primeiro tiro foi à queima-roupa. O cão latiu. Lucas tampou os olhos. O Cego curvou-se.

BANG! BANG! BANG!

– Não! – gritou Lucas, desesperado, ao ver o velho cair de joelhos.

– Onde foi que paramos? – disse o Louco, gargalhando. – Ah, sim. No maldito cacho...

– Eu falei que você não pode me ferir – disse o Cego,

levantando-se apoiado na bengala. – Agora, vá embora e os deixe em paz.

BANG! BANG!

A arma disparou novamente até que o som do tambor vazio ecoou. Apesar do Louco apertar o gatilho outras vezes, as balas haviam se acabado. O Cego inacreditavelmente permanecia de pé. Firme em sua postura.

Sem saber o que fazer, o Louco se afastou xingando todos e sumiu entre os destroços da rodovia.

– Ele deve tê-lo confundido com o irmão dele, de novo – comentou o velho, limpando o suor da testa.

– Sim... – confirmou Lucas, abraçando a perna do homem. – Obrigado!

– Sempre que precisar – sorriu o Cego.

Então, com dificuldades, se ajoelhou e voltou seu rosto na direção de Gaia. Seu sorriso aumentou.

– Entendo... Você está partindo.

A cadela latiu em resposta.

– Ela está o levando para casa, Lucas – anunciou ele. – Você deve segui-la. Confie nela como sua guia e nada poderá lhe fazer mal.

– Nem os Maus? – indagou o menino.

Sabia bem o que o aguardava se continuassem seguindo naquele sentido. Já havia estado lá e visto os homens maus. Por sorte, eles estavam ocupados maltratando outra pessoa e não o viram.

O Cego inclinou a cabeça, pensativo.

– Nem os Maus – disse após a reflexão –, se você tiver muito medo, segure em Gaia, feche os olhos e deixe que ela o guie. Ela vai protegê-lo. Você quer ir embora desse lugar, não quer?

– Sim... Mas...

– Não tenha medo. Você não está sozinho e, se segui-la, vai encontrar as outras pessoas que procura – respondeu o homem, confiante.

O rosto do menino se iluminou com um sorriso sincero. Os olhos se encheram de lágrimas. Tinha tantas saudades do pai. Queria tanto sentir o abraço da mãe. Desejava que o pai o colocasse na cama para dormir. E queria comer o bolo de laranja de sua mãe. Desejava sentar-se no sofá junto deles, apertadinho, enquanto assistiam à TV.

O calor no rosto de Lucas chamou sua atenção. Um raio de sol atravessara as nuvens e lhe tocara a face. Não se lembrava daquele calor gostoso até então. A carícia, porém, durou pouco e as nuvens se fecharam novamente.

Em volta deles, os Outros se aproximavam a passos lentos, arrastando-se sem vontade, mas atraídos por algo.

– Vão! – impôs o Cego. – Vá em frente, Lucas, e não desista. Você atravessará a escuridão e chegará à luz.

Gaia correu e Lucas a seguiu, dessa vez de perto. O Cego ficou para trás e os Outros caíram como moscas sobre ele.

O jovem e seu cão seguiram pelas margens da rodovia deserta por várias horas. Desviaram dos Outros com sucesso e até brincaram um pouco, quando o cansaço fez Lucas parar, lembrando que estava com fome e com sede.

Enfim, um bom tempo depois de passarem por um segundo shopping, desta vez à esquerda, eles pararam. À frente, nuvens ainda mais nefastas tornavam a escuridão mais densa. Uma chuva fina e fria caía sobre a estrada suja. Ali era o território dos Maus.

***

Lucas estava trêmulo, sob a chuva gelada, enquanto atravessava o território dos Maus. A rodovia ali lhe parecia grudenta aos pés, sugando suas forças e trazendo a dúvida se iria conseguir.

Gaia estava ao seu lado, atenta à sua volta e sem se importar com o terreno difícil. Os pelos estavam escuros, ensopados. Vez ou outra ela parava e erguia as orelhas, o que fazia o coração de Lucas saltar em seu peito.

– Minha vida nunca mais será como antes, não é? – perguntou ele, deixando transbordar o pensamento que o assolava há semanas.

Apesar das saudades e dos desejos, mesmo tendo sua idade, já percebera que o seu mundo não existia mais.

Gaia o encarou, aproximou-se e encostou o focinho em seu rosto. Um gesto simples, carinhoso, e que trazia a mensagem de que tudo ficaria bem. O garoto a abraçou com força, segurando o choro. Queria ser forte como seu pai. Distante, alguém gritou e um choro sofrido ecoou, seguido de risadas. Eram eles.

Gaia rosnou, encarando a escuridão à frente. Então deu a volta em Lucas e colocou-se ao seu lado, encarando-o. O jovem acariciou seu pelo e segurou na sua coleira.

– Vamos – disse ele, pensando na coragem do pai.

Seria como ele. Atravessaria aquele lugar e sua mãe ficaria feliz ao revê-lo.

– Estou pronto.

Os dois então retomaram a caminhada, cautelosos. Os gritos, choros e risadas se aproximavam cada vez mais. Até que a luz bruxuleante de um veículo em chamas pôde ser vista. Em volta dele, sombras atacavam um dos Outros, fazendo-o gritar e chorar.

Gaia começou a contorná-los, andando rente ao chão.

Lucas segurava em sua coleira com força, também abaixado. A manobra deu certo e logo os dois haviam contornado o carro em chamas sem serem descobertos.

Lucas olhou para trás quando o Outro que estava sendo torturado deu seu grito mais agonizante. Os vultos riam com vigor, divertindo-se com aquilo. Gaia rosnou. O garoto decidiu seguir em frente, virando-se para ela, mas gritou assustado e recuou, caindo sentado.

À sua frente, bloqueando o caminho, um dos Maus os observava. Tinha nas mãos uma faca, mas ela mal chamava a atenção. Ele não tinha roupas, o que deixava sua pele totalmente à mostra: negra e vermelha, da cabeça aos pés, por ter sofrido queimaduras profundas. Ele não possuía olhos, mas os dentes mantinham-se amarelos na boca carbonizada.

Lucas gritou novamente, apavorado.

O Mau respondeu, escancarando a bocarra e rindo alto. Atrás deles, próximo ao carro, as risadas e os gritos cessaram, e os sons de passos deixaram claro que os outros Maus também corriam em sua direção.

Gaia não hesitou. Recuou até Lucas e o olhou nos olhos. O garoto estava paralisado, encarando a criatura marcada pelo fogo. A cadela latiu, levando a pata ao peito da criança e o encarando novamente. Só então Lucas lembrou-se dela.

"Feche os olhos e deixe que ela o guie", as palavras do Cego vieram à sua mente. Gaia latiu novamente e se abaixou próximo à mão do jovem. Lucas segurou na coleira e deu uma última olhada ao seu redor. Dois vultos corriam, gargalhando e gritando palavrões. O Mau à sua frente avançava babando enquanto ostentava um sorriso maligno.

Escuridão.

Os olhos fechados com força o mergulharam na completa escuridão.

Lucas sentia a chuva em seu corpo. Sentia a coleira de Gaia e os pelos molhados na sua mão. Sentia o coração pulando no peito como um tambor enlouquecido. Ele também ouvia. Ouvia os xingamentos e risadas. O rosnado e latidos furiosos de Gaia. O fogo trepidando distante. As gotas de chuva no chão.

Então Gaia o puxou, fazendo-o se levantar. De olhos fechados ele correu, seguindo-a como pode, tropeçando e caindo, mas sempre levantando e tornando a correr. Alguém segurou no seu braço, mas não conseguiu detê-lo. Um bafo fétido chegou próximo de seu rosto e um grito insano quase o fez abrir os olhos. Mas ele se manteve firme.

O medo diminuiu aos poucos.

Os gritos dos Maus sumiram.

A chuva parou.

Lucas se sentia a salvo. Não estava cansado, nem com frio, com fome ou com sede. Não estava mais com medo. Ao contrário. Sentia-se bem.

Finalmente, ele abriu os olhos.

Seu pai estava na sua frente, fardado. Um sorriso terno no rosto e olhos brilhantes e afetuosos. A visão de Lucas turvou e suas pernas se moveram inconscientemente rumo ao seu herói, correndo para um abraço que tanto desejava.

O sol os acariciava, testemunha do reencontro tão esperado. Bem à frente estava a casa de Lucas, exatamente como ele a vira pela última vez.

Depois do longo abraço, Lucas levantou os olhos,

procurando por algo que, já tinha em mente, não iria encontrar.

– A mamãe...

– Ela não está aqui – respondeu o pai, segurando a criança e erguendo-a no colo para encará-la. – Você se lembra, não? Sabe o que aconteceu.

– Eu... Ele... O Homem... O homem que está morando com a gente... Ele estava dirigindo, bravo comigo, então... Então bateu na parte de trás do caminhão e o nosso carro girou.

– Sim. Por isso eu vim buscá-lo – completou o pai. – Eu tentei chamá-lo, mas você não me ouvia. Foi quando pensei em Gaia. Você sempre teve mais coragem perto dela.

– Eu senti que era você... Achei estranho. Mas, eu sabia.

O menino sorriu. Os dois se olharam por um tempo.

– Papai... Doeu quando você tomou o tiro? Quando você morreu?

– Sim. Também senti dor quando aconteceu. Assim como você. Mas passou. Acabou, Lucas. Vou levá-lo comigo agora e, quando chegar a hora, viremos buscar sua mãe.

– Os Outros não virão atrás de nós? Aqueles homens que ficam na rodovia? – perguntou ele. – E o Cego? Você precisa salvá-lo também, papai.

– Os outros eram apenas pessoas que faleceram e ficaram presas, em meio aos seus tormentos e medos. São espíritos que não conseguem se desprender de suas antigas vidas. Eles esperam pela luz e um dia, quando eles estiverem prontos, ela os encontrará. O Louco é um pobre jovem que se matou. Os Maus eram sequestradores e sofreram um acidente durante uma fuga da polícia.

– E o Cego?

– O Cego é especial. Ele não está morto e, também, não é cego realmente. Ele não pode nos ver, mas pode nos sentir e, às vezes, nos ouvir. Ele é um médium. Lembra o que isso significa?

– Sim. Lembro.

– Bom, muito bom – disse, colocando a criança no chão. – Temos muito o que conversar, meu filho. Você está pronto para partir? Está pronto para deixar o medo para trás e para esperar a mamãe em outro lugar?

– Sim... – respondeu Lucas, com uma certeza que há muito não encontrava.

Apesar da saudade da mãe, entendia o que acontecera. Agora sabia exatamente o que havia passado. Apesar de uma tristeza pequena, a alegria de estar com o pai, que perdera há um ano, dava-lhe forças para seguir adiante.

Distante, sentado em um banco de madeira à beira da rodovia BR116, o velho colocou a bengala sobre os joelhos e sorriu feliz. O amigo ao lado, que o considerava meio louco, sequer deu bola quando o velho pensou em voz alta:

"Boa viagem, garoto."

OS AUTORES

Daniel Pedrosa é engenheiro e escritor. Seus livros de ficção e contos de literatura fantástica apresentam conspirações, mistérios e aventuras em ambientes recheados de tecnologia, magia e criatividade.

Contos nesta edição:
- Visões
- A pedra da caveira
- Criaturas

Contato: danielpedrosa.escritor@gmail.com

Leandro "Radrak" Reis é colecionador de espadas, gamer e jogador de RPG. Fascinado pelas lendas medievais, criou o mundo Grinmelken, sobre o qual publicou a série de livros Legado Goldshine, o romance Garras de Grifo e contos diversos, disponíveis em coletâneas e em seu site.

Contos nesta edição:
- Insônia
- O gato
- BR 116

Contato: Grinmelken@hotmail.com
Site: www.Grinmelken.com.br

Stefânia Andrade é natural de São José dos Campos, Pedagoga formada pela Unesp, especialista em Alfabetização e Mestre em Educação. Autora dos livros infantis da Coleção Melissa, também escreve poesias, crônicas e contos. Conhecida também como Pink, a escritora é apaixonada pela educação e pela literatura, tendo o sorriso como sua marca.

Site: stefaniaandrade.com.br

Contos nesta edição:

– Tormento
– Terror na escola
– Em má companhia

Contato: julananv@ig.com.br

Juliana Velonessi respira literatura. Lendo ou escrevendo, as histórias, suas ou não, adquirem vida própria, transportando-a e quem mais estiver com ela, a um mundo mágico e surreal.

Conto nesta edição:

– O broche azul